Carl Anton Löw

Sechszehnter Jahresbericht des Mannheimer Vereines für Naturkunde

Anatiposi

Carl Anton Löw

Sechszehnter Jahresbericht des Mannheimer Vereines für Naturkunde

Unveränderter Nachdruck der Originalausgabe von 1850.

1. Auflage 2023 | ISBN: 978-3-38240-028-6

Anatiposi Verlag ist ein Imprint der Outlook Verlagsgesellschaft mbH.

Verlag: Outlook Verlag GmbH, Zeilweg 44, 60439 Frankfurt, Deutschland
Vertretungsberechtigt: E. Roepke, Zeilweg 44, 60439 Frankfurt, Deutschland
Druck: Books on Demand GmbH, In de Tarpen 42, 22848 Norderstedt, Deutschland

Sechszehnter Jahresbericht

des

Mannheimer

Vereines für Naturkunde.

Vorgetragen

in

der Sitzung des großen Ausschusses

am 15. Dezember 1849

zur 17ten Stiftungsfeier

von

Dr. Carl Anton Löw,

Großh. Bad. Oberhofgerichts-Kanzleirathe in Mannheim, Inhaber einer literar. gold. Verdienstmedaille, Ehren- u. ordentl. Mitgliede d. Großh. Bad. landwirth. Vereins zu Karlsruhe, Ehrenmitgliede d. Großh. Sachsen-Weimar-Eisenach'schen landw. Vereins zu Weimar, der ökonom. Gesellschaft im Königr. Sachsen zu Dresden, der Gesellschaft Flora f. Botanik u. Gartenbau allda, der prakt. Gartenbaugesellschaft v. Bayern zu Frauendorf, der prakt. Feld- u. Gartenbaugesellschaft d. Bayer. Pfalz zu Neustadt, der Pollichia eines naturwiss. Vereins d. Bayer. Pfalz zu Dürkheim, u. des naturhist. Vereins für d. Preuß. Rheinlande in Bonn, correspond. Mitgliede der KK. Landwirthschafts-Gesellschaften zu Wien u. in Steyermark, des Vereins z. Beförd. d. Gartenbaues in d. K. Preuß. Staaten zu Berlin, des Vereins z. Beförderung d. Landwirthschaft in Preußen zu Königsberg, des Erfurter Gartenbauvereins, des Kurfürstl. Hess. Landwirthschaftsvereins zu Kassel, der rhein. naturf. Gesellschaft zu Mainz, u. der Gesellschaft f. Beförd. d. Naturwissen-schaften zu Freiburg, ordentl. Mitgliede d. entomol. Vereins zu Stettin, Stellvertreter des Präsidenten u. erstem Sekretair des Vereins f. Naturkunde in Mannheim.

Nebst

Fortsetzung der Beiträge zur Insecten-Fauna um Freiburg im Breisgau, von Dr. H. Fischer,

und dem

Mitglieder-Verzeichnisse.

Druckerei von Kaufmann.

1850.

Jahresbericht

des **Mannheimer**

Vereines für Naturkunde,

erstattet am 15. Dezember 1849

von

Oberhofgerichtskanzleirath **Dr. Löw.**

Der Schluß unseres Vereinsjahres legt mir die angenehme Pflicht auf, den verehrlichen Mitgliedern über unsere Wirksamkeit öffentlich Rechenschaft zu geben.

Obgleich in diesem Jahre mehr noch, als in dem vorigen die unglückseeligen Zerwürfnisse und revolutionären Bewegungen höchst störend auf das staatliche, wissenschaftliche, sociale und bürgerliche Leben einwirkten, so waren wir dennoch bemüht, unsern Verein vor dem auch ihn bedrohenden Untergange zu bewahren und unsere Sammlungen gegen unbefugte Angriffe zu schützen.

So oft es thunlich war, traten, wenn auch nicht alle, doch mehrere Mitglieder des Vorstandes und großen Ausschusses zusammen, und unterzogen sich den vorkommenden Arbeiten.

Insbesondere hielt es der Berichterstatter — welchem bei der Abwesenheit des Herrn Präsidenten das ganze Jahr hindurch die Leitung der Verhandlungen und zugleich die Geschäftsführung eines ersten Sekretaires oblag, und der selbst in der unruhigsten Zeitperiode auf seinem Posten standhaft ausharrte — für seine Verpflichtung, und ließ

1.

es sich angelegen sein, die laufenden Geschäfte bestmöglichst zu besorgen, und die Correspondenz sowohl im Innern, als nach Außen ohne irgend eine Unterbrechung fortzuführen.

Die zoologische Sammlung wurde im Laufe des Jahres einer sorgfältigen Revision unterworfen, und abgängige Exemplare, soweit es möglich war, durch andere ersetzt.

Für die ornithologische Sammlung wurden neu angeschafft:

Corvus monedula (Thurmkrähe),

Lanius excubitor (große Würger),

Picus viridis (Grünspecht),

Picus medius (Mittelspecht),

Sylvia cinerea (fahle Grasmücke),

Anthus arboreus (Baumpieper),

Anser segetum (Saatgans), und:

Podiceps minor (kleine Taucher).

Zum Geschenke für diese Sammlung erhielten wir:

Larus tridactylus (dreizehige Möve), welche zwar im nordöstlichen Europa, an der deutschen Nordsee, an den holländischen und französischen Küsten, auch am Bodensee und an der Donau nicht ungewöhnlich ist, jedoch in unserer Gegend selten vorkommt, im verflossenen Winter $18^{48}/_{49}$ aber sich sehr häufig am Neckarufer zeigte.

Seine Hoheit der Herzog Bernhard von Sachsen-Weimar-Eisenach, Höchstwelche schon seit mehreren Jahren unserem Vereine als Mitglied beigetreten sind, und unseren Bestrebungen fortwährend Höchstdero Aufmerksamkeit schenkten, hatten vor Ihrer Abreise nach Niederländisch-Indien, in der Voraussicht Höchst Ihres längeren Aufenthaltes daselbst, die Gnade, dem Vereine eine Sr. Hoheit eigenthümlich zugehörende Mineraliensammlung nebst mehreren Fossilien mit einem Schranke von Mahagoniholz zur Aufbewahrung zu übergeben, und zu gleicher Zeit die

Gewogenheit, uns durch unsern hochverehrten Herrn Präsi=
denten eine Statuette:

„Die Ruine eines Tempels der brittischen Druiden
„unter der Benennung «Stonehenge» vorstellend"

als Geschenk für unsere Sammlungen behändigen zu lassen,
wofür wir uns, besonders auch wegen des ehrenden Zu=
trauens rücksichtlich des empfangenen werthvollen Depositums
zum aufrichtigsten Danke verpflichtet fühlen.

Für die mineralogische Sammlung wurde durch den
Sectionsvorsteher Herrn Director Schröder bei Schieck in
Berlin ein ausgezeichnetes Microscop zu microkrystallogra=
phischen Messungen eingerichtet für circa 260 fl. bestellt,
und soll in Bälde dahier eintreffen.

Durch die lobenswerthe Vermittelung des um die In=
teressen des Vereins sehr verdienten zweiten Sekretaires
und Custos des naturhistorischen Museums, Herrn Oberarzt
Dr. Weber, unterzog sich das Ehrenmitglied des Vereins
Herr Privatdocent **Dr. Fischer** in Freiburg, der mühesa=
men, aber für das Museum höchst verdienstvollen Arbeit,
die vorhandenen Sammlungen der Orthopteren, Neuropteren
und Hemipteren genau zu durchgehen, und solche nach dem
jetzigen Standpunkte der Wissenschaft zu ordnen, so wie
mit einheimischen Arten bereitwilligst zu vermehren, was
wir sehr dankbar annahmen.

In dem naturhistorischen Museum wurden überdies sehr
zweckmäßige Veränderungen vorgenommen.

Auf die Anregung des Vorstehers der zoologischen Section
Herrn Apothekers Troß und des Berichterstatters, die bisher
in Schränken verschlossenen Insectensammlungen den Besu=
chern des naturhistorischen Museums sichtbar darzustellen,
ohne sie der Gefahr einer Verletzung auszusetzen, erbot sich
der bereits rühmlich erwähnte Herr Oberarzt **Dr. Weber,**
von der Einrichtung in andern öffentlichen Sammlungen

sich Kunde zu verschaffen und sodann auf Kosten des Vereins eine ähnliche Einrichtung zu treffen. Dieß geschah und die Insecten wurden in Glaskästen an schiefen Ebenen aufgestellt und durch Verschluß und Vorhänge vor Berührung und Lichteinfluß gesichert.

Bei der Ausführung dieser sichtbaren Aufstellung in dem hellen Saale **Nr. VII.** bethätigte ausser Herrn Oberarzt **Dr.** Weber besonders Herr Vereinskassier Andriano seinen bekannten sachkundigen Eifer und guten Geschmack, namentlich dadurch, daß er die gewöhnliche Art und Weise der Aufstellung vielfach verbesserte, und Alles den damit beschäftigten Gewerbsleuten sehr pünktlich angab, auch stets bei der Arbeit zugegen war.

Die bis jetzt in dem gedachten Saale **Nr. VII.** des Museums befindliche Bibliothek wurde zweckmäßiger, wie bisher in den Eingangssaal verlegt, wo die jeweiligen Sitzungen des engeren Vorstandes und großen Ausschusses des Vereins stattfinden, und dazu wurde noch ein neuer geräumiger Schrank angeschafft, und im Sitzungszimmer gleichfalls aufgestellt.

Eben so wurde der schöne Schrank von Mahagoniholz Sr. Hoheit des Herzogs **Bernhard** von Sachsen-Weimar-Eisenach in dem Eingangssaale passend angebracht.

Dagegen wurden die bisher in mehreren Sälen vertheilten anatomischen, pathologisch- und vergleichend anatomischen Sammlungen in zwei Schränken zusammengestellt.

Durch diese Veränderungen haben die Sammlungen, namentlich die der erotischen Schmetterlinge unendlich gewonnen, und bieten den beschauenden Augen der Entomologen von Fach sowohl, als auch des größeren Publikums einen imposanten, wahrhaft prachtvollen Anblick.

Indem wir dafür den die Ausführung leitenden Herren Particulier Andriano und Herrn Oberarzt **Dr.** Weber unseren tiefgefühlten Dank hiemit abstatten, glauben wir hinzufügen zu dürfen, daß beiden Herren auch noch der Dank des beschauenden Publikums für ihre diesfallsigen Bemühungen in reichem Maaße zu Theil werden wird.

Unsere Bibliothek, welche in den frühesten Jahren nur nothdürftig und erst seit fünf Jahren gebührend bedacht wurde, hatte sich in diesem Jahre theils durch Ankäufe, theils durch Geschenke eines ansehnlichen Zuwachses zu erfreuen.

So erwarben wir durch Ankauf:

Weber, Alpenpflanzen Deutschlands und der Schweiz, in colorirten Abbildungen nach der Natur und in natürlicher Größe. München 1847. 2 Bände. 12.

Risso, histoire naturelle des principales productions de l'Europe meridionale. 5 Vol.

Leonhard und Bronn, Jahrbuch für Mineralogie, Geognosie, Geologie und Petrefactenkunde. Jahrgang 1849.

Lethæa Heidelbergensis, von Bronn.

Giebel, Gæa excursoria germanica. Leipzig 1848. 2 Lieferungen.

Naumann, Lehrbuch der reinen und angewandten Krystallographie. 2 Bände.

Schmidt, de Microcrystallographia. Dorpatii 1846.

Treatiseon Crystallographic, by W. X. Müller. Cambridge 1859.

Dubois-Reymond, Untersuchungen über thierische Electricität. Berlin 1848 u. 1849. 2 Bände.

Frankenheim, Lehre von der Cohäsion.

Müller, Krystallographie.

Romberg, Bericht über die Cholera-Epidemie v. J. 1837. Berlin 1848.

Heidler, die epidemische Cholera, ein neuer Versuch über ihre Ursache, Natur und Behandlung 2c. Leipzig 1848.

Jahresbericht über die Fortschritte der gesammten
Medicin. Jahrgang 1848.

Freuler-Ringk, das russische Dampfbad in Verbindung
mit der Kaltwasserkur ꝛc. Schaffhausen 1848.

Weber, kurze Bemerkungen über die Section der Leiche
zu pathologischen Zwecken. Kiel 1847.

Gerster, praktische Anleitung zur pathologischen Chemie
für Aerzte. Augsburg 1849.

Hölder, Lehrbuch der Unterleibsbrüche. Stuttgart 1848.

Martin und Binswanger, das Chloroform in seinen
Wirkungen auf Menschen u. Thiere. Leipzig 1848.

Liebig, Untersuchungen über einige Ursachen der Säfte-
bewegung im thierischen Organismus. Braunschweig
1848.

Edwards Crisp, über Verletzungen der Blutgefäße,
eine Sammlung gekrönter Preisschriften.

Zeitschrift für die K. K. Gesellschaft der Aerzte zu
Wien, von Heller. Wien 1848 u. 1849.

Behrend und Hildebrand, Journal für Kinderkrank-
heiten, von d. J. 1848 u. 1849.

v. Grauvogel, die Zukunft der ärztlichen Arbeit.
Erlangen 1848.

Dessen Schedula über den ärztlichen Congreß in
München. Erlangen 1848.

Ullersberger, die Brustbräune nach dem gegenwärtigen
Standpunkte der Wissenschaft. Erlangen 1848.

Dessen Anwendung der verschiedenen natürlichen Salz-
quellen in den Salinen bei Vossongen zu Heil-
zwecken. Erlangen 1849.

Bourgignon, entomologische und pathologische Unter-
suchungeu über die Krätze des Menschen, von He-
noch. Berlin 1848.

Possavant, der Nachtripper, seine Ursache und Heilung.
Frankfurt 1848.

v. Wattmann, sicheres Heilverfahren bei dem schnellge-
fährlichen Lufteintritt in die Venen. Wien 1848.

Griesinger, Archiv für physiologische Heilkunde unter Mitwirkung von Roser und Wunderlich. Stuttgart 1849.

Vierteljahresschrift für die praktische Heilkunde, herausgegeben von der medicinischen Fakultät iu Prag, Jahrgänge 1848 u. 1849. Prag 1849.

Notizen aus dem Gebiete der Natur- und Heilkunde, v. J. 1848.

Nuhn, chirurgisch - anatomische Tafeln, I. Abtheilung: Kopf und Hals. Fol. v. J. 1846.

Schweich, die Traubenkur als selbstständiges Heilmittel, wie auch als Nachkur der Brunnen- und Badkuren, v. J. 1848.

Siebert, Mittheilungen aus der medicinischen Klinik zu Jena. Jena 1848.

Sachse, über die neu eingerichtete Milch- und Molken-Anstalt in Verbindung mit Seebädern zu Doberan. Schwerin 1848.

Rosenberg, de microscopii usu in diagnostica. Gœttingæ 1848.

Archiv für Anatomie, Physiologie und wissenschaftliche Medicin, v. J. 1847.

Henle und Pfeiffer, Zeitschrift für rationelle Medicin. Heidelberg 1848 u. 1849.

Vereinigte deutsche Zeitschrift für Staatsarzneikunde, v. J. 1848 u. 1849.

Wattmann, die Inhalation und die ärztliche Anwendung des Schwefeläthers und Chloräthers als Heilmittel. Freiburg 1848.

v. Tschudi, die Kokkelskörner und die Pikroterie, mit Benützung von Voßlers hinterlassenen Versuchen. St. Gallen 1847.

Eisenstein, Lebens- und Vorsichtsmaßregeln bei der Epidemie der Cholera. Hamburg 1848.

Haas, die Polypen und die fremden Körper im Ohre, und die Mittel zu ihrer Entfernung. Linz 1848.

Simon, öffentliche und persönliche Schutzmaßregeln gegen die asiatische Cholera. Nürnberg 1848.

Harleß, physiologische Beobachtung und Experiment, eine methodische Skize. Erlangen 1848.

Wierer, neueste Vorträge der Professoren der Chirurgie und Vorstände der Krankenhäuser zu Paris über Schußwunden. Sulzbach 1849.

Zimmermann, die Impflehre nach Steinbrenner. Wien 1849.

Wertheimer, das Wechselfieber und Typhus in Prag. 1849.

Keine Zahnschmerzen mehr, ein augenblicklich helfendes und wenig kostendes Mittel gegen Zahnschmerzen. Leipzig ohne Jahrzahl.

Haffenstein, die rationelle Heilung der nervösen Gicht und anderer Krankheiten. Leipzig 1848.

Gräfe, über den Tannin als Choleramittel. Berlin 1848.

John Hutchinson, von der Kapacität der Lungen und von den Athmungsfunctionen. Braunschweig 1849.

Leisinger, die Cholera, ihr Wesen, Ursprung, Ursachen, Verlauf und Vorkehrungsmittel. Stuttgart 1849.

Schärtel, Enträthselung der Cholera. Olmütz 1849.

Bergson, das krampfhafte Asthma der Erwachsenen. Nordhausen 1850.

Brunner, über die Wirkungen, welche verschiedene Substanzen durch Berührung auf nervenkranke Personen ausüben. Bern 1848.

Bierbaum, die Diagnose des hitzigen Wasserkopfes. Berlin 1848.

Strahl und Lieberkühn, Harnsäure im Blut und einige neue Bestandtheile des Urins. Berlin 1848.

Mandl, Rückenmark und Darmschleimhaut und ihr Ver-
hältniß zur Cholera. Petersburg und Leipzig 1849.

Duflos, Anweisung zur Prüfung chemischer Arzneimittel.
Breslau 1849.

Gerlach, Handbuch der allgemeinen und speziellen Ge-
webelehre des menschlichen Körpers, v. J. 1848.

An Geschenken für die Bibliothek sind eingegangen:

1. von Herrn Professor Ph. Wirtgen in Koblenz:
Seine florula Bertricensis, eine Uebersicht der in
den Umgebungen von Vertrich (einem kleinen
Badeorte in dem Kreise Cochem, Regierungs-
bezirks Koblenz) wild wachsenden oder gebaut
werdenden Gefäßpflanzen;

2. von dem Gartenbauverein in Mainz:
dessen Programme über die Blumen- und Pflanzenausstellung, so wie über die Ertheilung des
Mainzer Frauenpreises für 1849;

3. von der Centralstelle des großherzogl. badischen landwirthschaftlichen Vereins in Karlsruhe:
die landwirthschaftlichen Wochenblätter für 1849;

4. von Herrn Gartendirector Dochnahl in Neustadt
an der Haardt:
Dessen allgemeine Centralobstbaumschule, Jena 1848,
und die pfälzische Gartenzeitung für 1848;

5. von der ökonomischen Gesellschaft im Königreiche
Sachsen zu Dresden:
die Jahrbücher für Volks- und Landwirthschaft, neue
Folge, B. 1. H. 1 u. 2;

6. von der pfälzischen Gesellschaft für Pharmacie in
Kaiserslautern:
die Jahrbücher für praktische Pharmacie, B. 17. H.
5, 5 u. 6. — B. 18. Hefte 1 bis incl. 6;

7. von dem zoologisch-mineralogischen Vereine in Regensburg:

dessen Correspondenzblatt, Jahrgänge 1 u. 2, von
1847 u. 1848, sodann von Jahrgang 3. des
Jahres 1843 die Nummern 1 bis 7. incl.
ferner:
dessen Abhandlungen. H. 1. Regensburg 1849;

8. von dem Vereine für vaterländische Naturkunde in
Württemberg zu Stuttgart:
dessen naturwissenschaftliche Jahreshefte, Jahrgang
4. H. 2 u. 3. — Jahrgang 5. H. 1. u. Jahrgang 6. H. 1.;

9. von dem naturhistorischen Verein der preußischen Rheinlande und Westphalen in Bonn:
dessen Verhandlungen, Jahrgänge 4 u. 5.;

10. von der naturhistorischen Gesellschaft in Nürnberg:
deren Gedächtnißschrift zum Andenken an Dr. Jakob Sturm, den Iconographen der deutschen
Flora und Fauna. Nürnberg 1849. kl. 4.;

11. von der naturforschenden Gesellschaft in Zürich:
deren Mittheilungen, H. 2. Zürich 1848, mit Nach-
trag zu H. 1.;

12. von dem Verein für Naturkunde im Herzogthum Nassau zu Wiesbaden:
dessen Jahrbücher, H. 4 u. 5. Wiesbaden 1849;

13. von dem Münchener Verein für Naturkunde:
dessen Statuten. München 1849;

14. von der Gesellschaft zur Beförderung der gesammten
Naturwissenschaften in Marburg:
a. Danz und Fuchs, physisch = medicinische Topographie des Kreises Schmalkalden. Marburg
1848. 8.
b. Acht Kupfertafeln hiezu. Fol.
c. Schreiber, physisch = medicinische Topographie des
Physikatsbezirks Eschwege. Marburg 1849, mit
einer Kupfertafel. 8.;

15. von Herrn Privatdocenten **Dr.** Fischer in Freiburg:
deſſen Bericht über die literariſchen Leiſtungen in
Bezug auf die badiſche Fauna von der älteſten
bis auf die neueſte Zeit. Aus den Beiträgen
zur rheiniſchen Naturgeſchichte, Jahrgang 1.
H. 1. Freiburg 1849.

Herr Profeſſor Ph. Wirtgen in Koblenz ſchenkte ferner
unſerem Herbarium:
die ſechſte Lieferung ſeines Herbariums ſeltener und
weniger bekannter Pflanzen.

Für dieſe vielfachen Beweiſe gütigen Wohlwollens ſagen
wir den edlen Gebern unſern herzlichſten Dank.

Auf den Vorſchlag unſeres ſehr geſchätzten Mitgliedes
Herrn Regierungsrath With, machte der Vorſteher der botaniſchen Section, Herr Hofrath Mohr, einen Verſuch mit
dem durch Herrn With auf Koſten des Vereines aus Mar-
ſeille beſtellten chineſiſchen Hanfſaamen, welcher ungeachtet
des verſpäteten Empfangs doch in ſo fern befriedigend ausfiel,
daß ſämmtliche Saamenkerne kräftig aufkeimten, und die
Hanfſtengel bis zu Anfang November eine ſchlanke Höhe
von zwölf Fuß erreichten. Der kräftigſte Stengel war ſo
reich mit Saamen beladen, daß die Fahne dadurch ſtark um-
gebogen wurde, allein wegen verſpäteten Empfangs wurde
der Saamen nicht reif. Der Baſt dieſes Hanfs übertrifft
unſern einheimiſchen an Feinheit und Stärke.

Ein weiterer Vorſchlag des Herrn With, und des Be-
richterſtatters, dahin zu wirken, daß den Vereinsmitgliedern
aus dem botaniſchen Garten jährlich eine unentgeldliche
Gabe durch Verabreichung oder Verlooſung von Blumen und
Pflanzen geboten werde, fand allgemeinen Anklang ſowohl
bei der botaniſchen Section, als bei ſämmtlichen Mitgliedern
des Vorſtandes und großen Ausſchuſſes.

Es wurden deßhalb verſchiedene werthvolle Blumen
und Pflanzen auf Koſten des Vereins angekauft, und bei

der diesjährigen Blumen = und Pflanzenausstellung unter sämmtliche Vereinsmitglieder unentgeldlich verloost.

Die Blumen = und Pflanzenausstellung, welche am 29. und 30. April, und 1. Mai d. J. im botanischen Garten stattfand, war nach dem Urtheile des sachkundigen Publikums eine der schönsten und reichhaltigsten, welche hier gesehen wurden.

Die ausgesetzten sieben Preise wurden nach dem Urtheile des Preisgerichts, bestehend aus den Herren Steuercontroleur Linz von Speyer, Kunst = und Handelsgärtner Hock von Mainz und Hofgärtner von Nida von Schwetzingen, zuerkannt wie folgt:

A. Der Preis, welcher zur Verfügung Ihrer Königlichen Hoheit der Frau Großherzogin **Stephanie** von Baden gestellt wurde,

dem Herrn Kunst = und Handelsgärtner Schmelz aus Mainz, für

zwei Azalea indica Lateritia in Bäumchen gezogen.

B. Der Mannheimer Damenpreis für Rosen, als 12 Hybrid. remontantes, 12 Isle de Bourbon und 6 Thea, dem Herrn Vereinsgärtner Singer von hier, für:

a. Hybrides remontantes:
Rosa de la Reine,
« Duchesse de Montmorency,
Gloire de Guerin,
Lady Peel,
Géant des Batailles,
Belle Henriette,
Comte de Paris,
Ebene,
Prince Albert,
Surpasse Antinous,
L'inflexible,
General Allard,
La Ranuncle;

b. Bourbon:

Rosa Gloire de Rosameme,
«   Marianne,
«   Mistrisse Bosanquet,
«   Reine de Vièrges,
«   Pauline Leclerc,
«   Georg Cuvier,
«   Beauté de Versailles,
«   Le Florifere,
«   Acidalia,
«   Bouquet de Flore,
«   Gloire de Brotteau,
«   Justine,
«   Madame Tripet;

c. Thea:

Devoniensis,
Fritze Morel,
Virgile,
Safrano,
Adam,
Goubolt,
Marie de Beau.

Die Zahl der Rosen war so beträchtlich, daß außer den Genannten noch die doppelte Zahl hätte angeführt werden können. Auch waren sämmtliche Rosen aufs Schönste cultivirt.

C. Der Preis für die sechs bestcultivirten Pflanzen, dem Herrn Kunstgärtner Ibach zu Frankfurt a. M., für:

Chorizema Laurentiana,
Daviesia glauca,
Erica Andromedæflora,
Chorizema ilicifolia,
«   varia,
Lechenaultia triloba var. multiflora,

welche sich durch die neue englische Cultur vorzüglich auszeichneten.

D. Der Preis für sechs neue Sorten gut cultivirte und schön blühende indische Azaleen,

den Kunst = und Handelsgärtnern Herren Gebrüder Mardner in Mainz, für:

> Azalea indica rosa purpurea,
> «   «   Flora,
> «   «   Morziana,
> «   «   Adolphi flore pleno,
> «   «   Prinz Albert,
> «   «   Coronata.

E. Der Preis für die neuesten Pflanzen, welche blu=mistischen Werth haben,

dem Herrn Kunst= und Handelsgärtner Neder in Frank=furt a. M., für:

> Acacia Cunninghami,
> Oxylobium pultenea,
> Lonicera Browni,
> Rhododendron Yellowii,
> Boronia Anemonefolia,
> Dillwynia cinerascens.

F. Der Preis für die schönste Sammlung von wenig=stens zwölf bestcultivirten Ericeen,

dem Herrn Kunst= und Handelsgärtner Karl Müller in Frankfurt a. M., für:

> Erica coccinea,
> «   Willmoriana,
> «   Linneana,
> «   propendens,
> «   colorans verna,
> «   ruber-calyx,
> «   mutabilis,
> «   purpurea,
> «   brounioides,
> «   lactiflora,
> «   ovata,
> «   ambigua.

G. Der Preis für zwölf Sorten der bestcultivirten und reichblühendsten Rosen in Töpfen,

dem Herrn Gärtner Albert bei Ihrer Königlichen Hoheit der Frau Großherzogin **Stephanie** von Baden, für:

eine Gruppe Rosen aus dem Garten Ihrer Königlichen Hoheit, welche sich sowohl durch sorgfältige Cultur als reiche Blüthenfülle auszeichnete.

Besondere rühmliche Erwähnung erhielten:

1. zwei Azalea indica alba (Bäumchen) und eine Pimelia spectabilis der Frau Großherzogin.

2. Ein Rhododendron hybrid. (Sämling) von Herrn Kunstgärtner Schildecker in Heidelberg.

5. Ein Eriostemum buxifolium der Herren Gebrüder Mardner in Mainz.

4. Eine Sammlung Pensées des Herrn Handelsgärtners Weller von Heidelberg.

Endlich:

5. Die ganze Pflanzengruppe des Herrn Kunstgärtners Neber in Frankfurt a. M.

Außer der bereits erwähnten unentgeldlichen Verloosung von Blumen und Pflanzen unter die Mitglieder des Vereins für Naturkunde wurde auch noch die gewöhnliche allgemeine Blumenlotterie gegen Einsatz von 12 kr. pr. Loos mit der Ausstellung verbunden.

An den Gewächshäusern sowohl, als an den übrigen Gebäulichkeiten im botanischen Garten wurden verschiedene Reparationen vorgenommen, und in den Garten selbst durch Anlage zweier Gruppen Azalea und Rhododendron so wie für die Topfpflanzen eine bedeutende Quantität Haideerde verwendet.

2

Wie in früheren Jahren, so haben wir auch in diesem Jahre noch ferner anzuführen:

1. den Stand der Vereinsmitglieder,

2. die Verbindungen, welche im Laufe des Jahres mit anderen Vereinen neu angeknüpft wurden,

3. den Personalstand der Mitglieder des Vorstandes und großen Ausschusses des Vereins, und

4. die Verwaltung und Rechnungsführung des Vereins.

Zu 1. Der dermalige Stand der Mitglieder des Vereins ergibt sich aus dem angehängten Verzeichnisse.

Im Anfange des Jahres zählte der Verein 149 ordentliche und 95 Ehrenmitglieder.

Im Laufe des Jahres sind drei ordentliche Mitglieder neu eingetreten, dagegen gestorben eilf und ausgetreten fünfzehn, mithin beträgt die Zahl der ordentlichen Mitglieder zur Zeit 126.

Leider entriß uns der Tod in diesem Jahre ungewöhnlich viele Mitglieder.

Wir verloren nemlich die Herren,

Regierungsrath und Kammerherr Freiherr von Adelsheim,

Particulier Cantor,

Particulier Englerth,

Particulier Jordan,

Particulier Heinrich Ladenburg,

Buchhändler Tobias Löffler senior,

Institutsvorsteher Dr. Müller,

Particulier Schnbauer,

Graf von Sparre-Croneberg, Mitglied der botanischen Section und des großen Ausschusses,

Handelsmann Johann Baptist Tunna,

und zuletzt noch:

die durch ihren Wohlthätigkeitssinn und durch die Un=
terstützung Alles Guten und Schönen verehrungswür=
dige Frau Oberhofmeisterin Freifrau von Herding,
geb. Gräfin von Saint=Martin, Excellenz.

Von ganzem Herzen betrauern wir den Verlust dieser
unserer Gönner und Freunde, und behalten uns vor, von
dem Einen und dem Andern später noch Nekrologe nachzu=
tragen, weil wir zur Zeit deren Personalien nicht genau
kennen.

Insbesondere müssen wir das Andenken an den dahin=
geschiedenen Herrn Grafen von Sparre vorzugsweise ehren
wegen der Liebe und Anhänglichkeit, welche er dem Vereine
bis zu seinem Ende bewahrt und wegen der unverdrossenen
Thätigkeit, welche er in der botanischen Section entwickelt hat.

Aus der Zahl unserer Ehrenmitglieder ist, so viel wir
bis jetzt erfahren konnten, Niemand geschieden.

Zu 2. Der Berichterstatter richtete unter Andern ein
vorzügliches Augenmerk auf Unterhaltung der alten und An=
knüpfung neuer Verbindungen mit ähnlichen Vereinen und
Gesellschaften, wodurch wir den wesentlichen Vortheil ge=
nießen, daß wir durch Austausch der Vereinsschriften von
Allem Kenntniß erlangen, was von den auswärtigen Gesell=
schaften zu Tage gefördert wird.

So stehen wir in neuerer Zeit auch in Verbindung mit
dem zoologisch=mineralogischen Vereine in Regensburg,
mit der ökonomischen Gesellschaft im Königreiche Sachsen
zu Dresden, mit der naturhistorischen Gesellschaft in
Nürnberg, mit dem Münchner Verein für Naturkunde
und mit der Gesellschaft für Beförderung der gesammten
Naturwissenschaften in Marburg; — was uns schon sehr
schöne Früchte getragen hat.

Zu 3. Durch die am 7. Januar d. J. vorgenommene Wahl wurden die vorjährigen Beamten des engeren Vorstandes, mit Ausnahme des Bibliothekars, Herrn praktischen Arzt **Dr. Seitz,** welcher um Enthebung von dieser Stelle gebeten hat, mit **Stimmeneinhelligkeit** wieder berufen.

Der engere Vorstand besteht demnach, außer dem Ehrenpräsidenten Großherzogl. Oberhofgerichts-Kanzler Freiherrn **von Stengel,** aus:

A. Dem Präsidenten:

> Sr. Excellenz dem Herrn Staatsminister des Großherzogl. Hauses und der auswärtigen Angelegenheiten **Klüber.**

B. Dem ersten Sekretair und Stellvertreter des Präsidenten:

> Oberhofgerichtskanzleirath **Dr. Löw.**

C. Dem zweiten Sekretair und Großherzogl. Custos des naturhistorischen Museums:

> Oberarzt **Dr. Weber.**

D. Dem Bibliothekar:

> praktischen Arzt **Dr. Alt.**

E. Dem Kassier:

> Particulier **Andriano.**

Auch die Mitglieder des großen Ausschusses blieben mit wenigen Ausnahmen dieselben. Es sind nemlich:

1. Die Repräsentanten der zoologischen Section:

> Apotheker **Troß,**
>
> Hoftheaterkassier **Walther,**
>
> Institutsvorsteher **Dr. Vaillant,**
>
> Oberarzt **Dr. Weber,**
>
> Particulier **Andriano,** und
>
> Oberhofgerichtskanzleirath **Dr. Löw.**

2. Die Repräsentanten der botanischen Section:

> Hofrath Mohr,
> Rath Neydeck, (bis zu seinem vor Kurzem erfolgten Wegzuge nach Umkirch.)
> Hofgärtner Stieler, und
> Graf von Sparre, (bis zu seinem am 26. September d. J. erfolgten Tode.)

3. Die Repräsentanten der mineralogischen Section:

> Director und Professor **Dr.** Schröder, und
> Regierungsrath With.

4. Die Repräsentanten der allgemeinen und medicinischen Section:

> praktischer Arzt **Dr.** Seitz,
> Stadtphysikus **Dr.** Stehberger,
> Oberarzt **Dr.** Frey,
> praktischer Arzt **Dr.** Thibaut,

5. Der Repräsentant des Großherzogl. Lyceums:

> Geheimer Hofrath und Professor **Dr.** Nüßlin, zur Zeit Director des Lyceums.

6. Der Repräsentant der hiesigen Stadt:

> Gemeinderath Diffené.

Bei dem so eben genannten Personal des Vorstandes und großen Ausschusses glauben wir noch besonders hervorheben zu müssen, wie unendlich es uns erfreute, daß unser allverehrter Herr Präsident Se. Excellenz der Herr Staatsminister Klüber, dem vielfach geäußerten Wunsch zufolge Ihrer hohen Stellung ungeachtet uns beehrten, das Präsidium unseres Vereines fortan beizubehalten. Es mangeln uns die Worte, Hochdemselben unsern Dank hiefür so auszusprechen, wie wir Alle ihn empfinden, zumal dieser kenntnißreiche hohe Staatsbeamte unserem Institute schon so vieles Gute erwiesen, und sich unsere allseitige Hochachtung und Verehrung im höchsten Grade erworben hat. Möge Hochderselbe in Seinem jetzigen schönen Wirkungskreise mit der besten Gesundheit ausgerüstet noch lange Jahre unserem geliebten Regenten kräftig zur Seite stehen, und unserem Vaterlande mit dem Ihm eigenen unverdrossenen Eifer und mit Seinen tiefen Einsichten denjenigen Nutzen verschaffen, welchen Seine rastlosen Bemühungen bisher stets im Gefolge hatten!

Zu 4. Die Verwaltung des Vereines geschah in herkömmlicher Weise.

In neun stattgehabten Sitzungen des Vorstandes und großen Ausschusses wurden 194 Nummern erledigt.

Die Rechnung über die Einnahmen und Ausgaben des Vereins konnte keinen besseren Händen als den unseres langjährigen Kassiers Herrn Particulier Andriano anvertraut sein.

Die durch Herrn Theilungscommissair Leibfried bereits geprüfte und richtig befundene Rechnung für das nun verflossene Vereinsjahr 1848—1849 liegt vier Wochen über mit sämmtlichen Beilagen zur Einsicht der verehrlichen Mitglieder im Sitzungszimmer des naturhistorischen Museums bereit, um sich von der dabei beobachteten Ordnung und von der Richtigkeit der Rechnung selbst zu überzeugen.

Im Auszug folgende Uebersicht:

A. Zusammenstellung der **Einnahme.**

1. Kassenvorrath vom verflossenen Jahre . 248 fl. 31 kr.

2. Jahresbeiträge der Mitglieder . . . . . 680 fl. —

3. Rückstände, Staatsbeitrag und Rückver=
gütungen . . . . 575 fl. 58 kr.

4. Geschenk Ihrer Königl. Hoheit der
Frau Großherzogin **Stephanie**
von Baden zu den Blumenpreisen . . 56 fl. —

Summa . . . . 1560 fl. 29 kr.

B. Zusammenstellung der **Ausgaben.**

1. Verwendung der botanischen Section . 488 fl. 14 kr.

2. Desgleichen der zoologischen Section . 90 fl. 44 kr.

3. Desgleichen der mineralogischen Section 250 fl. 57 kr.

4. Desgleichen der medicinischen Section . 175 fl. 42 kr.

5. Theilzahlung der Vogt'schen Rente, Ab=
gang, Rückstände 2c. . . . . 185 fl. —

6. Allgemeine Ausgaben für Porto, Frach=
ten, Bureaukosten, Gehalt des Dieners
und dergleichen . . . . 369 fl. 5 kr.

Summa . . . . 1559 fl. 42 kr.

Bringt man die Ausgaben an der Einnahme in Abzug,
so ergibt sich ein Kassenvorrath von 47 kr., welcher in die
neue Rechnung übergeht.

Mit dieser Darstellung glauben wir unsere verehrlichen
Mitglieder von den Vorkommnissen im jüngst verflossenen
Vereinsjahre vollständig unterrichtet zu haben.

Ehe ich mich zum Schlusse meines Berichts wende, muß ich noch dankbar erwähnen der Gabe, welche uns auch dieses Jahr durch die hiesige Stadtkasse mit Zahlung der Hälfte der Vogt'schen Rente ad 125 fl. zu Theil geworden ist.

Den größten Dank bringen wir aber **unserem erhabensten Monarchen** dar, Höchstwelcher uns fortwährend des gnädigsten Schutzes und Beifalls würdigte.

Ferner sprechen wir Ihrer Königlichen Hoheit der Frau Großherzogin **Stephanie** unsern schuldigsten Dank aus für die huldvolle Unterstützung, welche durch Höchstdieselbe wie in jedem Jahre, so auch in dem letzten uns zugeflossen ist.

Ich schließe mit der eben so vortrefflichen als richtigen Sentenz:

„O Natur, du ewig reiche Quelle,

„Wohl dem Herzen, das dich nie verkennt,

„Das in dir die wahre Schönheit findet,

„Und mit Liebe an den Schöpfer denkt."

Beiträge
zur
Inſekten-Fauna
um Freiburg im Breisgau.

(Erſte Fortſetzung.)

Orthoptera.

Von

Dr. Heinrich Fiſcher,
Privatdocent u. prakt. Arzt daſelbſt.

Der Sommer und Herbſt des Jahres 1849 waren ſehr ergiebig für die Beobachtung der Orthopteren, und boten mir Gelegenheit, von manchen Arten, die ich früher nur in einzelnen Exemplaren beſaß, eine größere Menge aufzufinden, und deßhalb über Nahrung, Lebensweiſe, Geſchwirre u. ſ. w. manches Neue zu ermitteln. Ueberdies gelang es mir auch, wieder neue Arten für unſere Fauna zu entdecken, darunter eine, die Ephippigera per-forata. Rossi., deren Vorkommen bei uns ich geahnt hatte (ſiehe vorigen Jahresbericht S. 50), da ſie von Italien bis nach Oſt-preußen hin auftritt; eine andere Art, Gomphocerus platypterus, dagegen war bis jezt erſt bei Neutra in Ungarn durch Ocskay gefunden worden, und ſcheint auch bei uns ziemlich ſelten zu ſein.

Den früher (S. 27. d. vorig. Jahrsber.) genannten Fauniſten habe ich noch beizufügen: für Belgien: Wesmael, Enumeratio methodica Orthopterorum Belgii, im Bulletin de l'Acad. roy. des sc. de Bruxelles. 1838. V. pg. 587—597. c. tab. — Für England: Duncan, James, Introduction to Entomology, with 38 colour. pl. etc. London and Edinburgh. 1840. 8. pg. 206—259 u. tab. 17. (bildet das 29. Vol. von Will. Jardine's Naturalist library.) — Für Dänemark: **O. F. Müller, Fauna insectorum Fridrichsdalensis etc. Hafniæ et Lipsiæ. 1764. 8. maj.** und deſſen **Zoologia danica. Hafn. et Lips. (1779—84) 1788—1806. IV. Vol. c.160 tab. Fol.;** ferner **Schiödte** in: **Kroyer's Naturhistorisk Tidsskrift. IV.** Bd. Kopenhagen. **1842—43. p. 316—317.** Däniſche Locuſtiden. — Für Schweden: v. **Borck, J. B.,** Skandinaviens rätvingade insekters natural-historia; med 4 lithogr. plancher. **Lund. 1848. 8.** —

Bezüglich der, auch im Magen und Darmkanal verſchiedener Orthopteren vorkommenden intereſſanten Schmarotzerthiere, der Gregarinen, die früher zu den Helminthen, in neuerer Zeit aber von Fr. Stein als eigene Gruppe neben die Infuſorien geſtellt wurden, verweiſe ich auf die Arbeiten von **Léon Dufour,** Hammerſchmidt, v. **Siebold,** Kölliker, Henle, **A. v. Frantzius** und Stein, die in dem Aufſatze von **A. v. Frantzius** „Nachträgliche Bemerkungen über Gregarinen" in Erichſon's Archiv f. Naturg. **1848. III.** S. 188. näher aufgeführt ſind. Hier mögen blos die betreffenden Arten namentlich angeführt werden, nämlich: **Gregarina conica.** Léon Duf. im Magen von **Gryllus**-Arten; **Greg. ovata.** L. Duf. im Magen von **Gryll. campestris** und **Forficula auricularia; Greg. Blattarum.** v. Sieb. im Darmkanal von **Blatta orientalis; Greg. oblonga.** L. Duf. im Magen von **Oedip. migratoria, cœrulea (—escens?)** und **stridula** und **Gryll. campestris.** — Intereſſant iſt die Angabe Stein's, daß er noch nie Gregarinen in Inſekten fand, die ausſchließlich von friſcher Pflanzenkoſt leben, am meiſten dagegen bei ſolchen, die ſich vom Raube, von Aas und Koth nähren.

Ausführlicheres über die literariſchen Hülfsquellen zur Kenntniß der Orthopteren, findet man in meinem Aufſatze: Beiträge zur Geſchichte des Orthopterenſtudiums in der entomol. Zeitung von Stettin. **1849.** No. 2. S. 34—55.

Acridiodea.

Zu **Gryllus danicus. L.** (S. 35. des vor. Jahrsber.) habe ich zu bemerken, daß **Charpentier (Hor. entom. p. 133)** denſelben als muthmaßliche Varietät zu **migratorius** zieht.

Zu **Podisma** (S. 38. d. v. J.). Die wenig zahlreichen Arten dieses Geschlechtes scheinen sehr interessante Verbreitungsverhältnisse darzubieten, wie mir theils aus den hier und dort zerstreuten Beschreibungen hieher gehöriger Arten, theils aus Zusendungen von Orthopteren aus verschiedenen Gegenden hervorgeht. In unserem Lande habe ich bis jetzt blos die Art gefunden, wofür ich a. a. O. die Diagnose geliefert habe; dieselbe findet sich ferner auf den nördlichen Bündtneralpen und dem Rigi (nach Exemplaren, die mir Herr J. Bremi-Wolf aus Zürich mittheilte). Ich hielt dieselbe damals für **Podisma frigidum. Boh.**, da mir nur die wenigen Zeilen in Erichson's Jahrsbericht für Entomologie, 1848, S. 141 zur Charakterisirung jener Art zu Gebote standen. Ich erhielt jedoch seither die obengenannte Abhandlung von Borck's über die schwedischen Orthopteren, worin von **Podisma frigidum** nebst ausführlicher Beschreibung (alles in schwedischer Sprache, nicht einmal die Diagnosen! sind lateinisch) auf Taf. 3, Fig. 2 eine gute Abbildung gegeben ist, und ersah daraus, daß unsere Art sich wesentlich von frigidum unterscheidet. **Pod. frig.** ist bräunlich, unten gelb; der Rückenschild kaum länger, als vorne breit, nach hinten läuft er in einen Winkel aus, dessen Spitze nicht ausgerandet ist. Flügeldecken lanzettförmig, ungefähr ein Drittel so lang als der Hinterleib; Hinterschenkel an der Unterseite und Schienbeine schön roth, letztere mit schwarzen Dornen. ♂ 7‴, ♀ 9‴. Der Kopf ist unten schwefelgelb, deßgleichen ein schiefer Streifen an den schwarzen Seitenlappen des Vorderrückens, zwei schiefe Streifen seitwärts an Mittel- und Hinterbrust, Außenseite der Hinterschenkel, und die Segmentkanten des Hinterleibs. Ein Streifen hinter den Augen bis zum Vorderrücken und zwei Binden über die Außenseite der Hinterschenkel, die auch auf deren innerer Seite angedeutet sind, dunkelbraun. Unterflügel etwas kürzer, als die obern.

Ein anderes **Podisma**, das ziemlich hoch auf Alpen in Unterösterreich, auf dem Schneeberge und den Reichenauer Alpen im August vorkommt, und von Kollar in den Beiträgen zur Landeskunde Oestreichs unter der Ens, 3. Bd. 1833, 8. S. 83, Nr. 11, (**Gr. alpinus. Koll.**) beschrieben wurde, unterscheidet sich von seinen

Gattungsverwandten durch folgende Merkmale: die Hauptfarbe
des Körpers ist gelb, der Kopf zwischen den Augen und an der
Hinterseite schwarz; Vorderrücken nach hinten kaum verlängert,
dessen schwache Mittelkante, die nicht erhöhten Seitenränder, und die
drei tiefen Queereinschnitte schwarz; Hinterleib am Rücken schwarz,
zuweilen mit gelber Mittellinie; Hinterschenkel mit zwei breiten
schwarzen Binden, die an der Außenfläche in einander verfließen,
am Unterrande roth; Kniee und obere Hälfte der Schienbeine
schwarz, untere Hälfte sammt Tarsen roth; Flügeldecken beim ♂
halb, beim ♀ kaum ein Drittel so lang, als der Hinterleib. ♂ 9‴
lang, ♀ darüber.

Unser hiesiges **Podisma**, dessen Flügeldecken beim ♂ über ein
Drittel, beim ♀ ein Drittel so lang als der Hinterleib sind, unter-
scheidet sich durch die im vor. J. gegebene Diagnose, sowohl von
Pod. frigidum. Bohemann., und **Pod. alpinum. Kollar.**, als
auch von den übrigen, mir noch bekannten und beschriebenen
wirklichen Podismen, nämlich **pedestre. Fab.**,   **Giornæ.**
Rossi. (Italien), **primnoa. Moschoulsky.** (Baikal), **rufipes.**
Fisch. v. Waldh. (Kaukasus), und den vier zum Theil wenigstens
hieher gehörigen Arten, die Costa in seiner **Fauna di regno di**
Napoli, Ortotteri. 1836, p. 43—48 beschrieb, nämlich: **Pod.**
commune. Cost., **appulum. Cost.**, **calabrum. Cost.** und
campanum. Cost.

Das **Podisma** von hier muß deßhalb für eine neue Art erklärt
werden, der ich den Namen **Pod. subalpinum** beigelegt habe,
mit Rücksicht auf ihre Verbreitung in unseren Gebirgen *), wo
ich sie in Menge immer nur auf den höchsten Bergen traf; ver-
einzelte Exemplare fanden sich noch im Höllenthale, und weiter
unten. Die im vorigen Jahrsberichte auf **Pod. frigidum** bezo-
gene Diagnose gilt also jezt für das **Pod. subalpinum. mihi.**
mit Beifügung der oben angeführten Längendimensionen der Flügeldecken, bei ♂ und ♀, und der Länge des Thieres selbst, welche
beim ♂ 8‴, beim ♀ 10—11‴ beträgt.

---

*) Die Bergregion wird von 800'—3500' oder 4000', die
   subalpine von 3500' oder 4000' bis 6000', und die Alpen-
   region von 6000' bis zur Schneelinie gerechnet.

Auf dem Feldberg traf ich diese Art auf Heidelbeersträuchern. Im Zwinger überlebte sie alle andern Heuschreckenarten und fraß, was ich von Wiesenpflanzen auch nur vorsetzen mochte, verschiedene Dolden, Skabiosen, **Anthemis, Lythrum,** von letzterem blos die Blumenblätter, die Kelchblätter ließ sie unberührt. Sie hält sich oft das Fressen recht geschickt mit den Vordertarsen vor den Mund, während dessen sich der Hinterleib und die Hinterbeine auf den Boden stützen. Gräser frißt sie quer ab, senkrecht auf die Blattare, und vom Ende gegen die Basis; sie verzehrte ferner Eichenblätter, reife Zwetschen, den Gaze-Ueberzug am Zwinger, ihren eigenen Puppenbalg, wohl auch die eigene Art, denn man findet sehr oft Individuen mit an- oder vollends abgefressenen Fühlern oder Füßen, wenn keine andere Arten sich daneben befinden. Der Koth wird theils durch kräftige Contractionen des Afters allein weit hinweggeschleudert, theils wird dieser Akt auf höchst possirliche Weise durch einen Ruck mit der Spitze der einen Hinterschiene am After vorbei, unterstützt. In ihren übrigen Bewegungen erinnern diese Thierchen im Kleinen ganz an die Affen, indem sie die verwegensten Stellungen einnehmen, den ganzen Körper an einem Hinterbeine aufhängen und schaukeln, bis sie zu einem andern Stengel gelangen u. dergl.

Der erhöhte Geschlechtstrieb äußert sich bei beiden Geschlechtern darin, daß sie mit den vier Vorderbeinen sich irgendwo festsetzen, und die Hinterbeine anziehen; das Männchen zittert mit den Hinterbeinen, das Weibchen gähnt oft lange Zeit mit den vier Anal-Löffeln, d. i. den langen Hinterleibsanhängseln.

Bei der Begattung sitzt das Männchen auf dem Rücken des Weibchens, hält es mit den vier Vorderbeinen umfangen, wendet seinen Körper rechts und links, betastet jeweils nach kurzer Ruhe mit einer Vordertarse den Hinterkopf und die Wangen des Weibchens ganz zärtlich, betrachtet sich dasselbe recht wohlgefällig von nah und fern auf allen Seiten, indem es den Körper vor- und zurückbeugt. Sein Hinterleib kommt etwas seitwärts neben den des Weibchens zu liegen, und dessen Ende ist von unten gegen die Genitalienöffnung des letztern hin aufgebogen. Die Weibchen sind oft sehr spröde, fressen, unbekümmert um des Freiers vorbereitende

Liebkosungen, ruhig fort, halten lange Zeit ihre Löffel festgeschlossen, und lassen das Männchen mehrere Erectionen bestehen, wobei immer die innern Genitalien desselben blasenförmig ausgestülpt werden.

Vertrocknen diese Theile außen nach dem Tode, so gibt dies dem Hinterleibsende der Männchen ein eigenes Ansehen. Moschoulsky gründete auf diese Erscheinung hin das **Genus Primnoa**, Fischer von Waldheim ahnte jedoch den Grund davon, und restituirte die betreffende Art dem **Genus Podisma** als das **Pod. primnoa**, worüber oben.

Ob unser **Podisma** Cocons legt, wie **Gomphocerus**, weiß ich noch nicht für gewiß. —

Gomphocerus grossus und **parapleurus** wählen auch im Zwinger, unter verschiedenen Wiesenpflanzen, vorzugsweise Gräser zur Nahrung. Ersteren sah ich auch, wie **Podisma**, sich einen Grashalm zum Fressen vor den Mund halten; bei letzterem beobachtete ich lautloses Auf = und Abziehen der Hinterbeine an den Oberflügeln.

Zu **Gomph. dorsatus** habe ich zu bemerken, daß außer dem Rhythmus, wie ich ihn früher angegeben, das Männchen am Ende jedes Absatzes abwechselnd mit beiden Füßchen noch sehr schnell hintereinander nachschwirrt, gerade als wenn sie überschnappten, ähnlich dem Nachschnellen einer gespannten und dann losgelassenen Uhrfeder. (Eigenthümliche Muskelaction.)

Von **Gomph. elegans** fand ich auf einer feuchten Wiese bei Güntersthal, unweit Freiburg, Anfangs August ein Männchen. Diese Art scheint immerhin sehr selten.

Gomph. brachypterus. Ocsk., der im frischen lebenden Zustande eben so schön grüngoldenen Glanz besitzt, wie **dispar** und **platypterus** (von welch' letzterem weiter unten), fand sich diesen Sommer Mitte Juli und den August hindurch in unzähliger Menge an derselben, von Wald entblößten, nordwestlich gelegenen Stelle am Roßkopf, wo wir ihn voriges Jahr vereinzelt gefangen hatten. Derselbe hält sich nebst **Gomph. platypterus, Decticus bicolor, Sieboldii, brevipennis** und **dilutus** immer in der oberen Hälfte dieser Strecke auf, wo Wiesengrund ist, während weiter unten, wo Ackerfeld angebaut wird, **Gomph. morio, parallelus**

u. a. in eben so großer Anzahl herumhüpfen. Außerdem begegnete uns der **Gomph. brachypterus** noch an vielen benachbarten Bergen, bei Ebnet, im Höllenthal auf dem Kübfelsen, Schauinsland, und machte sich durch seine grüne Farbenpracht, von der leider drei Tage nach dem Tode auch nicht die leiseste Spur übrig bleibt, allenthalben leicht bemerklich.

Das Männchen schwirrt leise, wobei beide Hinterbeine gleichzeitig und schnell auf- und niedergezogen werden; der einzelne Absatz dauert immer nur kurz.

Das Weibchen legte im Zwinger zwischen Grashalme seine stark erbsengroßen Eierhaufen (in dem einen waren sechs Eier), in einem hell chocoladebraunen Eiweißschaume, der im frischen Zustande das Ansehen und die Consistenz des sog. **Méringue-Back-werks** hatte, später aber ganz fest wurde.

Dr. Imhoff in Basel fand den **Gomph. dispar** und **brachypterus** auch in der Schweiz, letztern auf dem Pilatus.

O*) **Gomph. platypterus. Ocsk.** (Nov. Acta Acad. Nat. Cur. 1832. Tom. XVI. pg. 960.) Auch diese schöne Art, von der das Weibchen bis jezt noch gar nicht bekannt war, fanden Hr. Prof. v. Siebold und ich dieses Jahr zu Ende Juli an den gleichen Stellen mit **G. brachypterus**, und noch weiter nordöstlich auf dem Roßkopf, bis jezt 3 ♂ und 8 ♀, in Klee, Thymian, Gras u. s. w. Dieselbe bildet mit **Gomph. dispar** und **brachypterus** eine scharf begrenzte Untergruppe durch den im Leben so herrlichen, diesen Arten ganz eigenthümlichen sanftgrünen Goldglanz am ganzen Körper **), durch den stark abschüssigen Kopf und die Analfortsätze, indem das Männchen einen schlanken, scharf zugespitzten Conus, das Weibchen lange löffelförmige Anhänge hat, so wie endlich durch die schöne Abstufung in der mehr und weniger vollkommenen Entwicklung der Ober- und Unterflügel, zu welcher wohl vom naturphilosophischen Standpunkte aus noch mehrere Zwischenglieder, als noch unbekannt, geahnt werden könnten.

---

*) O bedeutet, wie in dem frühern Aufsatze, vor einer Species, daß noch keine Abbildung von derselben existirt.

**) Ocskay erwähnt auch bei G. platypt. kein Wort hievon.

Zu unterst steht **brachypterus,** hier sind die

Oberflügel { beim ♂ ⅔ so lang als der Hinterleib,
{ beim ♀ ⅓ „ „ „ „ , die

Unterflügel bei ♂ und ♀ ganz rudimentär.

Bei **dispar** finden wir die

Oberflügel { beim ♂ so lang als den Hinterleib,
{ beim ♀ ⅓ „ „ „ , die

Unterflügel bei ♂ und ♀ ganz rudimentär.

Bei **platypterus** endlich sind die

Ober= und { bei ♂ und ♀ so lang als der Hinterleib, vollständig
Unterflügel { ausgebildet.

Dazwischen ließen sich nun eine ganze Reihe Zwischenglieder denken. Daß wir es hier mit vollkommnen Insekten, nicht etwa mit Larvenzuständen zu thun haben, bedarf kaum der Versicherung, da wir die Larven davon auch besitzen, da wir Geschwirr, Eierlegen u. s. w. beobachtet haben u. s. f.

Eine ähnliche Rangordnung existirt zwischen den Arten Gomph. **parallelus, montanus** und **elegans.** Bei **parallelus** sind die

Oberflügel { beim ♂ so lang als der Hinterleib,
{ beim ♀ ½ so lang „ „ , die

Unterflügel { beim ♂ ⅓ so lang „ „ ,
{ beim ♀ ⅓ so lang „ „ .

Bei **montanus** sind die

Oberflügel { des ♂ so lang als der Hinterleib,
{ des ♀ ⅔ so lang „ „ , die

Unterflügel { des ♂ ½ so lang „ „ ,
{ des ♀ ½ so lang „ „ .

Bei **elegans** endlich sind die Ober= und Unterflügel beider Geschlechter so lang, als der Hinterleib. Auch hier ließen sich noch mehrere Zwischenglieder denken, besonders zwischen **montanus** und **elegans.** Uebrigens streifen **parallelus** und **montanus,** wenn man beide in großer Individuenzahl und in beiden Geschlechtern beisammen hat, so nahe an einander, daß man Uebergänge zwischen ihnen zu finden glaubt. Auch das von Charpentier angegebene Merkmal, daß er bei **parallelus** nie die Farbenabänderung des montanus gefunden habe, gilt für den **parallelus** unserer Berge nicht, und die Zahlenverhältnisse, wie ich sie oben als Normal= typus für die gegenseitige Flügellänge beider Arten angab, sind ebenfalls nicht immer so scharf geschieden.

Soviel übrigens erhellt aus obigen Vergleichungen, daß sich **elegans** als vollkommenere Form zu **montanus** und **parallelus** verhält, wie **platypterus** zu **dispar** und **brachypterus**. Vermöge ihrer Analfortsätze stehen alle diese sechs Arten in einiger Bezie= hung zu **grossus** und **parapleurus**.

Sonderbar ist es, daß Oeskay a. a. O. bei der Beschreibung des Gomph. platypterus, wovon er nur das Männchen kannte, sagt: Abdominis ultimo segmento in corniculum elongatum, acuminatum, subrectum, vix recurvum exeunte, quam notam singularum in nullo alio gryllo europæo, mihi hucdum cognito, observari licuit, während er doch im **XIII.** Bande der **Nov. Act.** selbst den **G. brachypterus,** dessen Männchen ganz dieselbe conische Verlängerung des letzten Abdominalsegmentes zeigt, beschrieben hat.

Das Weibchen von **platypterus** ist ansehnlich größer, als das Männchen, die Seitenkiele des Vorderrückens laufen auch bei ihm nach hinten etwas auseinander; die Ober= und Unterflügel sind, wie oben erwähnt, vollkommen ausgebildet und so lang als der Hinterleib; die Adern der Oberflügel, besonders an der Flügel= wurzel, auch nach dem Tode schön rosenroth; die Vorderzellen derselben eben so stark erweitert, wie beim Männchen, die Zellen hinter dem Vorderrand der Unterflügel dagegen sind bei beiden Ge= schlechtern sehr unregelmäßig, und ihre Queeradern vielfach unter= brochen. Das Geschwirr des Männchens kenne ich noch nicht.

Gomph. apricarius. Chp. fehlt bis jezt unserer Fauna. (Zu S. 41. d. v. J.) Von **Gomph. morio.** F. fand ich das Zahlenverhältniß der ♂ zu den ♀ unter Hunderten von Exemplaren etwa wie 1 zu 3. Den Rhythmus des Geschwirrs beim ♂ beob= achtete ich verschieden, bald so, wie ich ihn früher angab, bald zieht es die Beine von unten mit Geräusch aufwärts und läßt nachschwirren, etwa so: rtsch–sssssss, rtsch–sssssss; andremal wieder anders. Es rauscht auch während des Fliegens (ähnlich

wie **Oedipoda stridula**); beim Weibchen ist dies nicht der Fall.
Letzteres unterscheidet sich leicht durch die viel schwächer erweiterten
Zellen der weit schmälern Oberflügel und durch die viel weniger
geschwärzten Unterflügel. Unter vierzig bis fünfzig Männchen ist
etwa eines so hell gefärbt, wie die Weibchen in der Regel.

v. Borck nennt diese Art **melanopterus sibi**, da er in
Kopenhagen das Originalexemplar von Fabricius' **Gr. morio** ver-
gleichen konnte, und dasselbe eher mit **Gr. lineatus. Charp.** und
Panzer übereinstimmend fand. Er gibt auf Taf. **IV. Fig. 7.**
eine Abbildung des ♂ (das ♀ kennt er auch noch nicht), die mit
jener von **Charp.** übereinstimmt.

(Zu S. 42.) **Gomph. viridulus. L.** gehört eigentlich den
Höhen an, und ist noch hoch auf dem Feldberg häufig. Das
Männchen schwirrt lang andauernd und sehr schnell, hauptsächlich
im Abwärtsziehen der Hinterschenkel und kann dies noch fortsetzen,
wenn es schon zum Sterben ermattet ist.

Von **Gomph. rufipes. Zett.** findet sich eine gute colorirte
Abbildung in v. Borck's oben angef. Schrift, pl. **IV. Fig. 4.** ♂.
5. ♀. Derselbe zieht Zetterstedt's **G. ventralis** ebenfalls und zwar
mit Sicherheit als ♀ zu rufipes, und nennt letztere Art deßhalb
G. rufipes. v. Borck.; seine Abbildung von dem Weibchen stimmt
vollkommen zu den von mir dafür gehaltenen Exemplaren.

Gomph. hæmorrhoidalis. Charp. (Schäffer, Icon.
insect. Ratisbon. Tab. 137. fg. 4. 5. ♀. var.) Diese Art fand ich
erst in wenigen Exemplaren auf Bergen unserer Umgebung, und
konnte somit noch keine umfassenden Beobachtungen darüber anstellen.

(Zu S. 44.) **Gomph. mollis. Chp.** Ich habe nun zu den
früher erwähnten grünen Weibchen auch einige Männchen entdeckt,
und wir hätten also hier auch diese Art repräsentirt, ohne daß
ich jedoch bis jezt für ihre Haltbarkeit einstehen möchte.

(Zu S. 45.) **Gomph. rufus. L.** Hier setze man als Cita-
tion der Abbildung statt **Germ. Faun. 20.**: „**Stephens. Illustr.
of British Entomology. Mandibulata. VI. Pl. XXVIII.** fg.
6. ♂.'' — Der Rhythmus des Schwirrens dieser Art war bis
jezt auch noch nicht bekannt; ich beobachtete ihn verschieden. Das
Männchen schwirrt zuweilen ziemlich leise, schwach schmetternd,

während es das eine und andere Bein abwechselnd schnell auf
und abzieht; andremal werden die Beine gleichzeitig bewegt, und
beim Abwärtsziehen ein recht artiges Crescendo und Decrescendo
hervorgebracht, wie bei biguttulus. — Einmal sah ich auf dem
Schönberg im Grase ein Männchen, einem Weibchen gegenüber,
die possirlichsten Gesticulationen machen; es warf, wie ein Gecke,
den Kopf zurück, wiegte bei ausgespreizten Beinen den Vorder=
körper hin und her, stellte die Fühler plötzlich aufrecht und wehte
damit hin und her. Leider hüpfte jezt das Weibchen hinweg und
das Schauspiel hatte ein Ende.

Tetrix. Latr.

Tetr. subulata. Fab. (Sulzer abgek. Gesch. Taf. 8. Fg. 7;
Panzer. faun. 5. 18. Acrid. bipunctatum.) An Waldrändern,
auf Haideboden, in verschiedenen Varietäten, welche Zetterstedt in
seinen: Orthoptera Sueciæ genau unterschieden und großentheils
als eigene Arten aufgestellt hat. Unter andern fand ich die Varie=
täten: pallescens und marginata.

Tetr. bipunctata. Fab. (Sulz. abgek. Gesch. Taf. 8. Fig. 6.)
an denselben Stellen, auch im Winter unter Moos; bietet gleich=
falls vielfache Abänderungen, von denen ich z. B. cristata. Zett.,
ochracea. Zett. u. s. w. hier fand.

Locustina.

Stephens (Illustr. of Brit. Entom. Mandib. VI. pg. 12.)
vereinigt unter den Namen Micropteryx diejenigen Decticus=Arten,
deren Unterflügel ganz rudimentär oder fehlend, deren Oberflügel
dagegen meist nur von der Länge des Leibes oder kürzer, oder
gar nur als kurze Schuppe ausgebildet sind. Die letztern hievon,
(wohin z. B. Dect. apterus) sind bereits von Rambur und Ser=
ville unter dem Namen Pterolepis vereinigt, die andern, die im
vor. J. S. 47. unter b. aufgeführt sind, könnten wir also mit
Micropteryx als Untergattung bezeichnen, nämlich Decticus brachypterus, brevipennis und bicolor, und fänden dann ganz
hübsche Analogieen zwischen gewissen Decticus= und Micropteryx=
Arten. Decticus dilutus z. B. entspräche als vollkommenere
Form der Micropt. brevipennis, ebenso Dect. Sieboldii der

Micropt. bicolor. Die **Micropteryx=**Männchen schwirren verhältnißmäßig für ihre Größe viel stärker, als die von **Decticus.**

Micropteryx (Dect.) brevipennis unterscheidet sich, auch in der ganz grünen Varietät, nach meinen neuern Beobachtungen sehr deutlich von **Micropt. (Dect.) bicolor,** durch folgende Merkmale:

Micropt. bicolor. Phil.

Rücken des **Pronotum** schmal;

Die Gabel an den Afterstielen ist im untern Drittel jedes Stieles angebracht;

Das Männchen schwirrt nicht sehr schnell, so daß die einzelnen Reibungen der Flügeldecken übereinander mit dem Auge verfolgt werden können; im Zwinger, wenn Weibchen dabei sind, schwirrt es unermüdlich fast den ganzen Tag fort und ändert dabei seinen Rhythmus zuweilen; sein Geschwirr ist jedoch zu schwach, um von weitem gehört zu werden. (Ich fand etwa halb so viel ♂, als ♀.)

Diese Art lebt gern im Grase, wovon sie auch frißt und auf Haideboden.

Micropt. brevipennis. Chp.

Rücken des **Pronotum** breit;

Die Gabel ist in der halben Länge der Afterstiele angebracht;

Das Männchen reibt beim Schwirren mit solcher Schnelligkeit die Basis der Flügeldecken übereinander, daß ein wahres Beben derselben entsteht und die einzelnen Reibungen nicht mehr unterschieden werden können. Im Zwinger schwirrt es seltener.

Die Art lebt gern in Korn= und Haferfeldern bis zum Feldberg hin und zwar in Menge beisammen, so daß man die Männchen im Sommer (Ende Juli und im August) an ihrem lauten Geschwirr von weitem schon erkennt und eine Gesellschaft kleiner Scheerenschleifer zu hören glaubt.

Mit **Dect. Sieboldii** kann **Micropt. bicolor** trotz einiger Aehnlichkeit nicht verwechselt werden, wegen der bei letzterer stets nur zu Spuren entwickelten Unterflügel, die bei **Dect. Sieb.** ♂ und ♀ regelmäßig ausgebildet sind.

Das Männchen von **Pterolepis aptera** scheint mit seinen rudimentären Flügeldecken nur einzelne Laute: ts, ts, ts, von sich zu geben, ähnlich wie **Ephippigera,** deren Flügeldecken ganz ähnlich gebaut sind.

Meconema varia (S. 48. d. v. J.) fand ich diesen Som=
mer, Ende Juli bis September in großer Anzahl auf unsern
nächsten Bergen, und zwar klopfte ich sie von Eichen (seltener
Buchen, Hagenbuchen), wo sie, wie Kollar meint, von den Minir=
Raupen der Eichenblätter lebt. Im Zwinger, wo ich diesen Som=
mer einmal von allen in Deutschland vorkommenden Locustiden=
Gattungen einen oder mehrere Vertreter aus unserer nächsten
Umgebung lebend beisammen hatte — eine wunderhübsche Gesell=
schaft, — konnte ich nie sehen, was **Meconema** fraß, ob Eichenlaub
oder Insekten, sie hatte beides; auch einzeln in einem Zwinger sah
ich sie nie fressen. Die Stellung ihrer Beine in der Ruhe ist
höchst eigenthümlich; es sind nämlich nicht blos die vordern, sondern
auch die mittlern Beine ganz nach vorne gespreizt, die hintern
nach hinten; die Fühler werden parallel neben einander, und hori=
zontal nach vorne gelegt.

Bei dieser Gattung kann auch das Männchen kein Geschwirr
hervorbringen, da ihm die Einrichtung dazu an der Basis der
Flügeldecken abgeht; dessen ungeachtet finden wir an der Basis der
Tibien die Oeffnung, die zum Trommelfell führt. (Vergl. hierüber
v. Siebold in Wiegmanns Archiv. 1844. I. 53.) Die ♂ starben
im Zwinger viel eher als die ♀.

Eine Puppe der **Phaneroptera falcata** fraß in meinem
Zwinger die Blüthe von **Galeopsis tetrahit**.

Von **Odontura serricauda. Fab.**, fand ich in diesem
Spätjahr auch ein Exemplar in der Nähe der Stadt bei St. Ottilien.

Odontura autumnalis. Hagb., wurde dieses Jahr im
August und September häufig von Eichen, auch von Hasel abge=
klopft. Beim Schreiten hat diese Art das Eigenthümliche, daß sie
mit jedem einzelnen Beine weit ausholt, wie wenn es über die
höchsten Felsen ginge. Das Geschwirr des Männchens hörte ich
noch nicht, obwohl viele Weibchen dabei waren, die dreimal häufiger
sind. Nach dem schuppenförmigen Flügelbau kann man jedoch sich
denselben schon vorstellen. Sie fraßen Rosen=Blumenblätter im
Zwinger sehr gierig, und zwar theils von der Seite ab, wie die
Orthopteren gewöhnlich das Gras abbeißen, theils Löcher aus der
Mitte heraus.

Ephippigera. Latr. Burm.

Ephippigera perforata. Rossi. (Rossi, Fauna etrusca.
I. p. 329. tb. 8. fg. 3. ♂ 4. ♀; Panzer, Faun. Germ. Fasc.
33. tb. 3. ♀; Fiebig, in: Schriften der Berliner Gesellschaft natur=
forschender Freunde. 5. Band. 1784. S. 160. Taf. 3. Fig. 6. ♂;
7 ♀; 8. larva ♂). Diese interessante Gattung fand ich den 25.
August d. J., zwischen Istein und Kleinkembs auf Gras, Gesträpp
und Bäumen am Rhein her, und auf der Höhe, in ♂ und ♀
Exemplaren; später wurden noch mehrere gefangen. Sie hüpfen,
auf den Boden gesetzt, nur etwa einen Schuh weit, da ihre Hin=
terschenkel schwach verdickt sind; fliegen können sie so wenig, als
Pterolepis aptera. Die Unterflügel fehlen, die Oberflügel dagegen
bestehen bei ♂ und ♀ aus einer sehr dürren, bräunlichen Membran,
sind etwa wie umgestürzte Bodentassen geformt, und decken sich
nach innen, wo sie über der Mittellinie des Hinterleibs aneinander=
stoßen, zur Hälfte. Ihre Basis ist durch den Hinterrand des
Pronotum gleichfalls versteckt, beim ♂ ist derselbe jedoch mehr
aufgebogen, so daß die Flügelschuppen etwas freier scheinen. Hier
haben nun auch, was schon Rossi und Fiebig wußten, beide
Geschlechter die Fähigkeit, durch Uebereinanderreiben ihrer Flügel=
rudimente ein Geräusch hervorzubringen; nach meinen Beobachtungen
bedient sich jedoch wenigstens im Zwinger das Weibchen dessen
nie als Lockmittel gegenüber dem Männchen, sondern läßt den Ton
nur hören, wenn man es in die Hand nimmt, von der Stelle
schiebt und dergl., und hört auf, sobald die Beunruhigung aufhört.
Das Männchen dagegen läßt diesen zischenden Laut (etwa tssss,
tssss, tssss oder zweimal, etwa tsws, tsws) im Zwinger sehr
oft, und wohl zunächst als Lockmittel für die Weibchen vernehmen;
dann vermochte aber auch, wenn es in meinem Arbeitszimmer ganz
still war, fast jedes zufällige, oder absichtlich von mir verursachte
Geräusch, ihm ein paar Zischlaute zu entlocken; die Flügeldecken
werden nicht gar schnell, ein oder mehreremal, übereinander hin=
und zurückgeschoben. Akustisch täuscht das Zischen der **Ephippigera**
sowohl, als anderer Orthopteren oft so sehr, daß man glaubt,
dasselbe komme aus der obersten Ecke des Zimmers, während das
Thier im Zwinger auf dem Tische sich befindet.

Die **Ephippigera** ist durchaus kein ausschließlicher Carnivor, sondern Omnivor. Sie fraß mir Fliegen aus der Hand bis auf den letzten Rest, ferner Heuschrecken und andere Insekten, die im Zwinger waren, dagegen auch mit besonderer Vorliebe **Polygonum Hydropiper**, das ich zufällig mit andern Feldpflanzen als Futter mitgenommen hatte, aber nur die Blumenblätter; ferner naschte sie an **Heracleum, Centaurea, Anthyllis** u. f. w. Sind ein paar Männchen und Weibchen beisammen im Zwinger, so bedingt die Eifersucht der erstern harte Kämpfe, während ein einzelnes Männchen mit mehreren Weibchen sich ganz gut verträgt, und wie ich selbst sah, alle der Reihe nach in Zwischenräumen mehrerer Tage befruchtet. Die Stellung dabei ist höchst sonderbar, nämlich der Körper des Männchens befindet sich parallel unter dem des Weibchens, Kopf unter Kopf. Leider kam ich immer erst dazu, wenn der Akt schon begonnen hatte, und fand da immer an der Geschlechtsöffnung des Weibchens eine durchscheinend milchweiße, blasige und schön symmetrisch gebaute, etwa erbsengroße Masse anhängen, an deren Basis jederseits sich ein klareres Bläschen mit einem orangefarbigen Kern befand. Es sah täuschend aus, als hätten sich innere Theile aus der Oeffnung hervorgestülpt, allein die anatomische Untersuchung eines Weibchens sprach nicht für diese Meinung. Es möchte daher jene Masse wohl eher ein Erguß des Männchens während des Coitus sein, und derselbe von dem Organe herrühren, welches **Léon Dufour** in seiner schönen entomotomischen Arbeit, in den **Mémoires présentés par divers savants à l'Académie royale des sciences de l'Institut de France; Scienc. math. et phys. Tom. VII. 1841. p. 352. suiv.** als prostataähnliche Drüse von seiner **Ephippigera vespertina** ♂. beschreibt, und ebendaselbst pl. 3. fg. 34. 35. abbildet. Er fand in derselben eine weiße, saamenartige Materie, konnte aber über deren physiologische Bedeutung nichts Näheres angeben. — Sobald mir mehr männliche Exemplare unserer **Ephippigera** zu Gebote stehen, werde ich hierüber ins Klare zu kommen suchen.

Das Schrillen des **Nemobius (Gryllus) sylvestris.** F. habe ich seither auch genau beobachtet, es wird oft mehrere Minuten fortgesetzt, und dessen Rhythmus ist etwa folgender: — ‿ — — — —

⏑⏑—⏑—⏑—⏑—⏑—⏑—, ⏑—⏑—⏑—⏑—⏑—⏑—⏑—

——⏑⏑—⏑—⏑—⏑— u. ſ. w. Das Thierchen ſitzt im Freien
während des Schrillens immer unter abgefallenen Blättern oder
dergl. verſteckt, ebenſo im Zwinger, wohin ich ihm gleichfalls
dürres Laub gebracht hatte.

Oecanthus pellucens. Scop., Serv. war auf der Süd=
ſeite unſeres Schloßbergs im August und September häufig.

Das Männchen ſchrillt laut und ſtellt zum Reiben ſeine
Flügeldecken ſenkrecht in die Höhe; der Rhythmus iſt etwa, wie
bei **Nemob. sylvestris.** —

Rechnen wir nun, wie die übrigen Autoren, **Gomph. mollis**
als eigene Species, ſo zählt unſre Fauna, durch das Hinzukommen
von **Gomphocerus mollis, hæmorrhoidalis** und **platypterus,**
Tetrix subulata und **bipunctata** und **Ephippigera perforata**
zu den früher aufgezählten, jezt im Ganzen 61 Arten von Orthop=
teren; bei größerer Aufmerkſamkeit anderer Entomologen würde
dieſe Zahl wohl bald vermehrt werden können.

Über die badischen Libellulinen.

Nach der, von dem verſtorbenen Erichſon in ſeinen Beiträgen
zu einer Monographie von **Mantispa** (Germar's Zeitſchr. für
Entom. I. Bd. 1. H. S. 147—173) begründeten Anſicht, gehören
die früher zu den Neuropteren, oder Netzflüglern gezogenen Familien
der Termiten, Perliden, Pſociden, Libellulinen und
Ephemerinen (zuſammen Burmeiſter's **Dictyotoptera**) ebenfalls
zu den Orthopteren, und ſtellen in dieſer Ordnung die Homopteren
vor, gegenüber den bisher ſchon mit dem Namen „Orthopteren"
bezeichneten Familien als Heteropteren, gerade wie es in der andern
Ordnung mit unvollkommener Verwandlung, nämlich bei den He=
mipteren oder wanzenartigen Inſekten, auch einerſeits Homopteren,
d. h. ſolche mit vier gleichen (ὅμος) häutigen Flügeln gibt, —
nämlich die Cicadinen —, und andererſeits Heteropteren (ἕτερος,

ander), d. s. solche, bei denen die vordern Flügel anders gebaut
sind, als die hintern, in diesem Fall jene mit zwei zum Theil
hornartigen Vorderflügeln und zwei häutigen Hinterflügeln, wohin
dann die übrigen wanzenartigen Insekten gehören.

Erichson stützt sich bei dieser Neuerung auf die ähnliche, nämlich
unvollkommene Verwandlungsweise der nun vereinigten Gruppen,
sowie auf die Uebereinstimmung im Bau der Freßwerkzeuge, nämlich
scheidenförmige Gestalt der äußern Maxillarlade, und starkentwickelte
vierlappige Unterlippe mit eingelenkten äußern Lappen.

In der Ordnung der wirklichen Neuropteren verbleiben dann
nur noch die Hemerobien, Panorpen und Phryganiden,
sämmtlich Insekten mit vollkommener Verwandlung, welche mit den
übrigen Ordnungen der Insekten mit vollkommener Verwandlung,
den Coleopteren, Hymenopteren, Dipteren und Lepidopteren, manche
Analogien darbieten.

Von jenen, den Orthopteren neu zugetheilten Familien will ich
noch die Libellulinen in diesen Bericht aufnehmen; hiebei kann
das zu berücksichtigende Gebiet unserer badischen Fauna etwas
weiter gezogen werden, als die Umgebung von Freiburg, da mir
auch aus den untern Landestheilen manche hübsche Arten zu Han-
den kamen. Vieles bleibt auch hier noch spätern Nachforschungen
überlassen; insbesondere sind es stehende Wasser, z. B. die Alt-
wasser des Rheins, die noch mehr Ausbeute versprechen, und deren
Besuch ich den zunächst dabei wohnenden Entomologen unseres
Landes besonders empfehlen möchte, mit dem Bemerken, daß es
hier nicht blos schöne, vielleicht auch neue Arten zu finden gibt,
sondern daß auch über die Lebensweise, die Art der Begattung,
des Eierlegens u. s. w., an so manchen Thierchen dieser Familie
interessante Beobachtungen noch zu machen sein dürften; da dieselben
jedoch nicht auch im Zwinger, sondern nur im Freien angestellt
werden können, so bedarf es des öftern Besuches der betreffenden
Standorte, der denn auch nur den nächstwohnenden Beobachtern
zugemuthet werden kann.

Daß sich dies überhaupt der Mühe lohnte, wird man mir
zugeben, wenn ich sage, daß mir auch über Libellulinen aus
dem ganzen westlichen Deutschland noch kein faunistischer Bericht

bekannt iſt. Denn die magern Notizen in der, im vorig. Jahrsber.
S. 24. sub 3. genannten Schrift von Roth v. Schreckenſtein,
ſodann in Brahm's Inſektenkalender und Rehmanns, W. A.,
Rippoldsau u. ſ. Heilquellen. Donauöſchingen, 1830. (mit Auf=
zählung der dortigen Fauna) ſind mit den allda angeführten neun
oder zehn überall gemeinen Arten für uns nicht der Rede werth,
um ſo weniger, als dort z. B. unter dem Namen **Agrion puella**
die verſchiedenſten, erſt ſpäter geſchiedenen Arten verſteckt, und jezt
nicht mehr zu eruiren ſind.

Ueberhaupt ſind die vor den zwanziger Jahren erſchienenen
Arbeiten ſehr unzuverläſſig zu benützen, und auch jezt noch iſt die
Synonymie, zumal bei **Agrion**, nichts weniger als ganz gelichtet.

Die Angaben über die Neuropteren Baierns und Oeſtreichs in:
F. d. P. Schrank, Enumeratio insectorum Austriæ. Vien.
1781. 8., in deſſen **Fauna boica. Ingolst. 1801—3. 8.**, in Ehr=
harts phyſ. mediz. Topographie der Stadt Memmingen. Mem=
mingen. 1813. 8. und dergl., haben nur noch geringen Werth.

Erheblicher ſind: **Schäffer's Icon. insect. Ratisbon.**, beſon=
ders wichtig aber folgende Schriften deutſcher Entomologen:

> Hanſemann, A., Anfang einer Auseinanderſetzung der deut=
> ſchen Arten der Gattung **Agrion** in: Wiedemann's zoolog.
> Magazin. Altona. 1823. 8. Bd. II. Thl. 1. S. 148 ff.
> **Charpentier, Touss. de, Horæ entomologicæ. Vratislav.**
> **1825. 4. c. tab. IX.** (Auf **Tab. I.** ſind die für die Beſtim=
> mung wichtigen Analfortſätze vieler Libellulinen vergrößert
> dargeſtellt.)
> Burmeiſter, H., Handbuch der Entomologie. 2. Bd. 1839. 8.
> S. 805. ff.
> Hagen, Herm. Aug., Verzeichniß der Libellen Oſtpreußens, in:
> Preuß. Provinzialblätter. Bd. **XXI.** Königsberg. 1839.
> S. 54. (34 Arten.)
> **Hagen, H. A., Synonymia Libellularum europæarum.**
> **Regiomonti. 1840. 4. Diss. inaug.**
> Herrich=Schäffer, in: Fürnrohr's Topographie von Regens=
> burg. Regensb. 1840. III. Bd. S. 343. (35 Arten.)
> **Charpentier, Touss. de, Libellulinæ europææ. Lipsiæ.**
> **1840. Fol.** (60 Arten und 5 zweifelhafte.)

Hagen, H. A. Die Netzflügler Preußens, in: Neue Preuß.
Prov. Bl. 1846. II. Bd. Hft. 1. S. 25. (47 Libellulinen,
und deffen Auffätze in der entomolog. Zeitung v. Stettin.
1848. No. 5. 1849. No. 1 und folgende.

Zerftreute Notizen finden fich in Panzer's, Röfel's Werken.
Von außerdeutschen Faunisten und Monographen sind besonders
folgende Schriften hervorzuheben:

O. F. Müller, Enumeratio ac descriptio Libellularum
agri Fridrichsdalensis in: Nov. Acta. Ac. Nat. Cur.
Tom. III. 1767. p. 122. Observ. XXIX. 4.

Idem: Zoolog. danicæ prodromus. 1776. Hafniæ.

Van der Linden, P. L., Agriones et Aeschnæ Bono-
nienses descriptæ, in: Opuscoli scientifichi. Tom. IV.
Bononiæ. 1820. 4.; auch feparat.

Idem: Monographiæ Libellulinarum Europæarum spe-
cimen. Bruxell. 1825. 8.

Boyer de Fonscolombe, Monographie des Libellulines
des environs. d'Aix in: Annales de la société entom.
de France. Tom. VI—VIII. 1837—39.

de Selys-Longchamps, Catalogue méthodique des
Lépidoptéres de la Belgique, précédé du tableau des
Libellulines de ce pays. Liége. 1837. 8.

Idem: Enumération des Libellulidées de la Belgique.
Bullet. de l'acad. de Brux. Tom. VII. 1840.

Idem: Monographie des Libellulidées d'Europe. Paris.
1840. Mit vielen Abbildungen von den Analanhängen.

Stephens, Jam. Franc., Illustrations of british Entomology. London. Mandib. VI. Vol. 1835. 8.

Zetterstedt, Insecta lapponica. Lipsiæ. 1838 — 1840.
p. 1015. seq.

Rambur, Histoire naturelle des Insectes Neuroptéres.
(Suite à Buffon.) Paris. avec 12 pl. 1842. 8.

Eversmann, Ed., Libellulinæ inter Wolgam et montes
Uralenses. Cum 2 tab. col. (Bulletin des naturalistes
de Moscou. IX.) Mosquæ. 1836. 8. maj.

Millet, Monographie der Odonaten des Departements Maine
und Loire, in: Schriften der Société d'Agriculture d'An-
gers. 1847.

4.

Linné, Fabricius, Füßli, Scopoli, Rossi, Cyrillus, Fourcroy, Geoffroy, Walckenaer, de Villers, die entomologischen Gesellschaftsschriften der verschiedenen Länder, die Reisewerke u. s. w., welche ich in No. 2. der entomologischen Zeitung von Stettin, 1849, für die Orthopteren aufgezählt habe, mögen bei speciellerem Studium ebenfalls verglichen werden. Für die erste Zeit der Beschäftigung mit Libellen, rathe ich die Benützung von Charpentier's Horæ entomologicæ (3¾ Rthl.), Selys=Longchamp's **Monographie** (5 Francs) und Hagen's **Synonymia libell. europ.** und wo möglich Charpentier's **Libellulin. europ.** (16 Rthl.)

Ueber Lebensweise, Entwicklung der Larve bis zum vollkommenen Insekte u. s. w., müssen wir vor allen wieder auf unsere alten Meister in der Biologie, Frisch, Swammerdam, Reaumur, De Geer, Rösel verweisen, sodann auf Kirby und Spence (Einleitung in die Entomologie), Burmeister, Handbuch d. Entom., v. Siebold, über die Fortpflanzungsweise der Libellulinen (Germar's Zeitsch. f. Entom. 1840. II. Bd. 2. Hft. S. 421.) Ders. über das Eierlegen des **Agrion forcipatum.** Wiegm. Archiv. 1841. S. 205. In Müller's Archiv. f. Physiol. 1841. S. LXXXIV. findet sich ein ziemlich ausführliches Referat über obigen Aufsatz in Germar's Zeitsch. **Westwood, Introduction to the modern Classification of Insects etc. Lond. 1838—40. 8.**

Unter den Libellulinen gibt es auch wandernde Arten. Von **Libellula depressa, quadrimaculata** z. B. hat man große Züge beobachtet, welche die Richtung von Ost nach West, in andern Fällen von Südwest nach Nordost einschlugen. (Leunis, Zoologie; Germar's Zeitschrift f. Entomolog. II. Bd. p. 443. u. a. m.) Die Art und Weise ihrer Begattung vermöge der eigenthümlichen Vertheilung der Geschlechtsorgane auf verschiedene Körperstellen beim ♂ ist vielfach verkannt worden. Das Eierlegen geschieht bei einigen Gattungen (**Aeschna, Calopteryx, Agrion**) mittelst Legscheiden an Wasserpflanzen; andere (**Cordulia, Libellula**) lassen die Eier in das Wasser fallen; bei **Libellula cancellata** ist hiebei das Männchen behilflich.

Ihr Vorkommen bei uns ist ausgedehnt, wir finden Wasser=
jungfern vom höchsten Feldberge bis in die tiefste Niederung. Sie
fliegen sehr behende, und theils deßhalb, theils weil die an Ufern
lebenden Arten, wenn wir uns demselben nähern, gern über den
Wasserspiegel hin entfliehen, erfordert das Fangen derselben viel
mehr Behendigkeit und Geduld, als bei den Heuschrecken; dafür
bietet die Eleganz einer größern, aus reinen, aufgespannten Exem=
plaren bestehenden Sammlung, auch einen lohnenden und schönen
Anblick. Um bei den schönen Aeschna=Arten die bunten Farben
des Hinterleibs zu conserviren, räth Charpentier, an der Brust
oder an der Basis des Hinterleibs, sowie an dessen Ende eine
Oeffnung anzubringen, und einen Grashalm sammt der Rispe
(z. B. von einer **Poa** oder andern, den Dimensionen der jeweiligen
Art entsprechenden Grasart mit dicklicher Rispe) in drehender Be=
wegung durch den Leib hinauszuziehen, und diese Manipulation wo
nöthig mehrmals zu wiederholen, dadurch werden die Eingeweide
aus dem Körper entfernt, deren Fäulniß die Farben sonst zerstört.
Nachher wird es aber nothwendig, einen Strohhalm oder ein
Stückchen Holz von der passenden Dicke in den entleerten Hinter=
leib einzuschieben, und darin stecken zu lassen, damit dessen Haut
nicht runzlig werde oder zusammenfalle.

In **Agrion forcipula. Chp.** (= **Lestes sponsa. Hans.**)
wohnt auch eine **Gregarina**, nämlich **Greg. oligacantha v. Sieb.**
— Bezüglich der Anatomie der Libellulinen, verweise ich auf die
neuern Lehrbücher der vergleichenden Anatomie von v. Siebold
und Stannius, Frei und Leuckart, Osk. Schmidt, wo man
auch über die specielleren Arbeiten Aufschluß finden wird.

Zur Uebersicht des Artenreichthums einzelner Gegenden füge ich
hier eine Tabelle verschiedener Faunisten bei, wobei ich bezüglich
Stephens wiederum auf die Unzuverlässigkeit seiner Arten ver=
weisen muß, welche Hagen rücksichtlich der Libellulinen (in der
entom. Zeitg. v. Stettin. 1848. S. 149) beklagt.

Gattungen.	Charpentier. Europa.	Serrich= Säffer. Neuenburg.	Fischer. Baden.	Selys.[*] Belgien.	Hagen. Preußen.	Stephens. England.	Zetterstedt. Lapland.
Libellula.	16	13	14	12	14	13	5
Epitheca.	1	0	1	1	1	1	0
Cordulia.	3	2	2	3	3	3	3
Gomphus.	6	3	4	3	4	2	1
Cordulegaster.	1	0	1	1	0	1	0
Anax.	1	0	1	1	1	1	0
Aeschna.	8	4	4	7	7	7	1
Epallage.	1	0	0	0	0	0	0
Calopteryx.	5	3	3	3	3	4	2
Lestes.	4	4	3	3	4	3	1
Sympecma.	1	1	1	1	0	0	0
Platycnemis.	1	1	1	1	1	1	1
Agrion.	12	6	8	8	9	12	6
Summa	60	37	43	44	47	48	20

Im Anhange seines großen Werkes Libell. eur. führt Char=
pentier noch fünf zweifelhafte Arten auf, wornach die Gesammtzahl
der ihm bekannten Arten aus Europa also zwischen 60 und 70
betragen würde.

Berücksichtigt man nun, von wie wenigen Entomologen, und
in wie wenig Gegenden unseres Landes der Gruppe der Libellulinen
bis jezt einige Aufmerksamkeit zugewandt wurde, und vergleicht
dabei obige Zahlenverhältnisse, so ist das Resultat für Baden kein
unbefriedigendes zu nennen. —

*) Die Zahlen für diese Rubrik habe ich aus Hagen's Synop.
Libell. eur. entnommen.

Libellula. Selys.

Lib. quadrimaculata. Linné. (Panz. fn. germ. Fasc. 88. tab. 19.; Charp. Libell. tb. 3. ♀.) Wiesen bei Landegg unweit Emmendingen, im Juni.

var.: areolis multis ad nodum fuscis. Mannheim. Karlsruhe. (Geyer.)

Lib. depressa. L. (Panz. 89. 22.; Charp. Lib. tab. 4. ♂♀.; Rœsel. II. tb. 6. fg. 4. ♂; fg. 1—3. larva; tb. 7. fg. 3. ♂.) Freiburg, häufig.

Lib. conspurcata. Fab. (Charp. Lib. tb. 2. ♂♀.) Karlsruhe (Geyer.) Heidelberg (Dr. Ferd. v. Babo.)

Lib. cancellata. Lin.; lincolata. Charp. Horæ. (Rœsel. II. tb. 7. fg. 4.; Charp. Lib. tb. 5. ♂♀.) Karlsruhe.

Lib. cœrulescens. Fab. (Charp. Lib. tb. 6. ♂♀.) Freiburg, nicht selten. Titisee, Mooswald im Juli. (? Lib. olympia. Fonsc. darunter.)

Lib. pædemontana. Allioni. (Sulz. abgek. Gesch. tb. 24. fg. 1. Lib. Harpedone; Charp. Lib. tb. 8. ♂♀.) Freiburg (v. Siebold); zwischen Istein und Kleinkembs am Rhein im August (ich); Waldshut (Frob. Mayer.)

Lib. flaveola. Linné. (Charp. Lib. tb. 9. ♂♀.) Freiburg. Feldberg, im August, häufig.

Lib. Rœselii. Curtis. (Rœsel. II. tb. 8. fg. 4. ♂; Charp. Lib. tb. 10. fg. 1. ♂♀. Lib. nigripes.) Freiburg, selten.

Lib. striolata. Charp. (Chp. Lib. tb. 10. fg. 2. ♂♀.) Freiburg, bis jezt selten.

Lib. vulgata. Linné. (Rœsel. II. tb. 8. fg. 2. 5.; Chp. Lib. tb. 11. fg. 1. ♂♀.) Freiburg, häufig. Karlsruhe. (Geyer.)

Lib. albifrons. Charp. (Chp. Lib. tb. 11. fg. 3. ♂). Diese Art, welche Charpentier nur nach einem, aus der Gegend von Basel an Germar eingesandten Männchen gebildet hatte, fand ich auch in der Nähe von Basel, bei Istein am Rhein im Schilf im August, nicht selten, und zwar beide Geschlechter. Das Weibchen ist viel schmächtiger, hat einen gelblichen Leib, und dieselben schwar=

zen Flecke jederſeits an den Abdominalſegmenten, wie das Männchen, welches in Charpentier gut abgebildet iſt. Die Afteranhänge des Weibchens ſind kurz, fein, ſpitzig, weißlich gefärbt. Ich erhielt auch ein Pärchen von Herrn Naturhiſtoriker Geyer in Karlsruhe, der ſchon ſeit Jahren neben den andern Inſekten auch die Libel= luliuen ſeiner Umgegend fleißig ſammelte.

Lib. scotica. Donav., veronensis. Charp. Hor. (Charp. Lib. tb. 12. Lib. nigra.) Freiburg; Triberg im September; Waldshut.

Lib. rubicunda. Linné; pectoralis. Charp. Hor. (Selys Monogr. tb. 3. No. 2; Charp. Lib. tb. 47. fg. 15. pectoralis.) Auf Torfboden bei Hinterzarten auf dem Schwarzwald, im Juli.

Lib. caudalis. Charp. (Ch. Libell. tb. 44. ♂ ♀ et var.) Karlsruhe.

Epitheca. Charp. (Libellula. Charp. Hor.)

Ep. bimaculata. Charp. (Ch. Lib. tb. 1. ♂ ♀; Selys. Monogr. tb. 1. fg. 3.) Karlsruhe, ſelten.

Cordulia. Leach. (Aeschna. Charp. Hor. Epophthalmia. Burm.)

Cord. metallica. Van d. Lind. (Chp. Lib. tb. 15. ♂ ♀; Chp. Hor. tb. 1. fg. 8. app. anal. ♂.) Am Titiſee im Juli häufig; am Schluchſee (Prof. Frick); bei Heidelberg (Dr. v. Babo.)

Cord. ænea. Linné. (Rœsel. II. tb. 5. fg. 2; Selys. Monogr. tb. 1. fg. 7; Charp. Lib. tb. 14. ♂ ♀.) Schluchſee; Karlsruhe.

Gomphus. Leach. (Diastatomma. Charp., Burm.; Aeschna. Fabr., Latr.)

Gomph. unguiculatus. Vau der Lind. (Selys. Mon. tb. 1. fg. 9.; Charp. Hor. tb. 1. fg. 10. 11. ♂. Aeschna. hamata; Charp. Libell. tb. 27. ♂ ♀. Aesch. ham.) Schloßberg, Roßkopf bei Freiburg, Feldberg, im Auguſt; Karlsruhe; nicht häufig.

Gomph. flavipes. Chp. (Selys. Mon. tb. 2. fg. 12; Chp. Libell. tb. 29. ♂ ♀.) Gebirg um Freiburg; ſelten.

Gomph. forcipatus. Linné. (Selys. Mon. tb. 2. fg. 13; Panz. fn. 88. 21.; Rœsel. II. tb. 5. fg. 3. ♀; Chp. Libell. tb. 28. ♂♀.) Nicht selten auf Bergen um Freiburg; Karlsruhe.

Gomph. serpentinus. Charp. (Selys. Mon. tb. 2. fg. 14; Rœsel. II. tb. 5. fg. 4. ♀; Charp. Lib. tb. 30. fg. 1. ♂♀.) Feld= berg im Juli, auf der Höhe und am Fuße; Karlsruhe.

Cordulegaster. Leach. (Aeschna. Latr.)

Cord. lunulatus. Charp. (Selys. Mon. tb. 2. fg. 15; Chp. Libell. tb. 26. ♂♀.) Schloßberg, nicht selten.

Aeschna. Charp.

Aesch. pilosa. Chp.; vernalis. v. d. Lind.? (Chp. Hor. tb. 1. fg. 5; Chp. Lib. tb. 21. ♂♀.) Karlsruhe, selten.

Aesch. cyanea. Müll.; maculatissima. v. d. Lind.; jun= cea. Chp. (Chp. Hor. tb. 1. fg. 4; Rœsel. II. tb. 2. fg. 1. 2. ♂. var.; Chp. Lib. tb. 23. ♂♀. juncea.) Gemein um Freiburg in der Ebene; Heidelberg.

Aesch. grandis. Linné. (Rœsel. II. tb. 4. fg. 13. 14. ♂; tb. 3. nympha; Chp. Hor. tb. 1. fg. 2; Chp. Lib. tb. 24. ♂♀.) Am Titisee, im Juli und August, häufig; Karlsruhe.

Aesch. Chrysophthalmus. Chp., Isoceles. Müll.? (Selys. Mon. tb. 3. fg. 22; Chp. Hor. tb. 1. fg. 3; Chp. Lib. tb. 25. ♂♀.) Mannheim. Karlsruhe (Geyer) selten.

Anax. Leach. (Aeschna. V. d. Lind.)

An. formosus. V. d. Lind. (Selys. Mon. tb. 3. fg. 23.; Charp. Hor. tb. 1. fg. 1. Aesch. azurea; Chp. Lib. tb. 17. ♂; tb. 45. fg. 1. ♀.) Freiburg (Prof. Frick); Karlsruhe, sehr selten.

Calopteryx. Leach. (Agrion. Fab.)

Cal. virgo. L. (Rœsel. II. tb. 9. fg. 5. ♂, fg. 6. ♀; Charp. Hor. tb. 1. fg. 15; Chp. Lib. tb. 31. ♂♀.) Gemein in der Nie= derung um Freiburg; Mooswald.

Cal. vesta. Charp. (Charp. Lib. tb. 32. ♂♀. Agr. vesta.) Mooswald bei Freiburg, nicht selten. Karlsruhe.

Cal. splendens. Harris., loudoviciana. Selys., parthe-
nias. Charp. (Chp. Lib. tb. 33. ♂♀; Panz. fn. germ. 79. 17. ♂.)
Mooswald, nicht selten. Karlsruhe.

Lestes. Leach. (Agrion. Fab.)

Lest. sponsa. Hansem. (Chp. Hor. tb. 1. fg. 16; Chp.
Lib. tb. 34. ♂♀. Agr. forcipula.) Mooswald; Titisee; Karlsruhe.

Lest. virens. Charp. (Chp. Lib. tb. 34. fg. 3. 4. ♂♀.)
Karlsruhe.

Lest. barbara. Fabr. (Chp. Hor. tb. 1. fg. 19; Chp. Lib.
tb. 33. fg. 3. 4. ♂♀.) Häufig beim Mooswald. Karlsruhe.

Sympecma. Chp. (Agrion. Van der Lind.)

Symp. fusca. Van der Lind. (Agrion phallatum. Chp.
Hor. tb. 1. fg. 18; Lib. tb. 36. fg. 1. ♂♀.) Häufig um Freiburg.
Karlsruhe.

Platycnemis. Charp. (Agrion. L., Fab., Van der Lind.)

Plat. platypoda. V. d. Lind. (Agrion lacteum. Charp.
Hor. tb. 1. fg. 20; Chp. Lib. tb. 43. fg. 2. ♂♀; Rœsel. II. tb. 10.
fg. 5.) Häufig um Freiburg. Karlsruhe.

Agrion. Fab.

Agr. najas. Hansem. chloridion. Chp. (Rœsel. II. tb. 11.
fg. 6. ♂; Chp. Hor. tb. 1. fg. 21; Chp. Lib. tb. 37. ♂♀.) Karlsruhe häufig. (Geyer.)

Agr. minium. Harris; sanguineum. V. d. Lind. (Agr.
minium. Chp. Hor. tb. 1. fg. 14; Chp. Lib. tb. 36. fg. 2. ♂♀.)
Häufig um Ottilien bei Freiburg. Karlsruhe.

Agr. pumilis. Chp. (Chp. Hor. tb. 1. fg. 27; Libell. tb.
39. ♂♀.) Freiburg, nicht häufig; Karlsruhe.

Agr. elegans. V. d. Lind.; tuberculatum. Chp. (Chp.
Hor. tb. 1. fg. 22; Chp. Lib. tb. 38. fg. 2. ♂♀.) Freiburg; Karlsruhe.

Agr. pulchellum. Van d. Lind. (Agr. interruptum.
Chp. Hor. tb. 1. fg. 23; Chp. Lib. tb. 40. ♂♀.) Freiburg, nicht
häufig; Karlsruhe.

Agr. furcatum. Chp.; **Agr. puella.** Selys. (Chp. Hor. tb. 1. fg. 24; Chp. Lib. tb. 40. fg. infer. ♂ ♀.) Gemein um Frei= burg; Schloßberg, Mooswald. Karlsruhe.

Agr. mercuriale. Heyer. (Chp. Libell. tb. 42. fg. 2. ♂ ♀.) Freiburg; Kaiserstuhl. Karlsruhe.

Agr. cyathigerum. Chp. (Chp. Libell. tb. 42. fg. 1. 2. ♂ ♀.) Häufig am Titisee, im Juli. Karlsruhe.

In den Gattungen **Aeschna** und **Agrion** ist für die Folge der größte Zuwachs an Arten unserer Fauna zu erwarten; übri= gens wünsche ich durch diesen Aufsatz nicht blos zur Entdeckung weiterer Arten in unserem Lande, sondern auch zur Erforschung der Verbreitung der bereits genannten etwas beigetragen zu haben; soweit es meine Muße gestattet, bin ich zu diesem Behufe auch erbötig, die Bestimmung portofrei eingesandter einheimischer Libel= lulinen (und Orthopteren) zu übernehmen.

Ich hoffe, nach einem Jahre über unsere noch übrigen Orthop= tera Homoptera, sowie über unsere **Neuroptera** im neuern Sinne Bericht erstatten und, wenn ich durch Zusendungen von außen unterstützt werden sollte, auch wieder Nachträge zu den frühern Familien liefern zu können.

Verzeichniß
der
ordentlichen Mitglieder.

Seine Königliche Hoheit der Großherzog
LEOPOLD VON BADEN,
als gnädigster Protector des Vereines.

⸻

Ihre Königliche Hoheit die verwittwete Frau Großherzogin
Stephanie von Baden.

Seine Königliche Hoheit der Erbgroßherzog Ludwig von
Baden.

Seine Königliche Hoheit der Prinz von Wasa.

Ihre Königliche Hoheit die Frau Prinzessin von Wasa.

Seine Großherzogliche Hoheit der Prinz Friedrich von
Baden.

Seine Großherzogliche Hoheit der Markgraf Wilhelm von
Baden.

Seine Großherzogliche Hoheit der Markgraf Maximilian von
Baden.

Ihre Großherzogliche Hoheit die Frau Fürstin von Hohen-
zollern-Sigmaringen.

Ihre Großherzogliche Hoheit die Frau Prinzessin Marie von
Baden, Marquise von Douglas.

Seine Hoheit der Herzog Bernhard von Sachsen-Weimar-
Eisenach.

Seine Durchlaucht der Fürst von Hohenzollern-Sig-
maringen.

Seine Durchlaucht der Fürst von Fürstenberg.

Ihre Durchlaucht die Frau Fürstin von Hohenlohe-Bar-
tenstein.

Ihre Durchlaucht die Frau Fürstin von Isenburg-Birstein.

16. Herr Abenheim, **Dr.** und practischer Arzt.

17. „ Aberle, Handelsmann.

18. „ Alt, **Dr.** u. practischer Arzt.

19. „ Andriano, Jakob, Particulier.

20. „ Angely, Julius, Buchhändler.

21. „ Anselmino, **Dr.** u. practischer Arzt.

22. „ Artaria, Ph., Gemeinderath.

23. „ Barth, J., Handelsmann.

24. „ Bassermann, Frd., königl. bayerischer Consul

25. „ Bassermann, **Dr.** u. practischer Arzt.

26. „ Bensheimer, J., Buchhändler.

27. „ Bensinger, **Dr.** u. Medicinalreferent.

28. „ von Bettendorf, Freiherr, Rittmeister u. Kammerherr.

29. „ Bleichroth, Bürgermeister.

30. „ Boch, **Dr.** u. Stabsarzt.

31. „ Brummer, Kanzleisekretair.

32. „ Diffené, Gemeinderath.

33. „ von Dusch, **Dr.** u. practischer Arzt.

34. „ Dyckerhoff, F., Bau=Inspector.

35. „ Doerler, Handelsmann.

36. „ Eglinger, J., Handelsmann.

37. „ Eissenhardt, Ed., Handelsmann.

38. „ Fenner, Apotheker.

39. „ von Fischer, L., **Dr.** u. practischer Arzt.

40. „ Fliegauf, Schloßverwalter.

41. „ Frey, **Dr.** u. Oberarzt.

42. „ Gärtner, Apotheker.

43. „ Geib, G. W., Particulier.

44. „ Gentil, **Dr.**, Obergerichts=Advokat.

45. Herr Giulini, B., Handelsmann.

46. „ Giulini, Lorenz, **Dr.**

47. „ Giulini, P., Handelsmann.

48. „ Görig, **Dr.** u. practischer Arzt.

49. „ Grohe, Weinwirth.

50. „ Groß, J., Handelsmann.

51. „ Hähner, F. M., Buchdrucker.

52. „ Haaß, Oberhofgerichtsrath.

53. „ Harveng, **Dr.** u. practischer Arzt.

54. „ Hecker, Joh., königl. bayerischer Hofrath.

55. „ Hendrich, Bierbrauer.

56. „ von Herding, Freiherr, Kammerherr.

57. „ van der Höven, Baron.

58. „ Hoff, C., Gemeinderath.

59. „ Hohenemser, J., Banquier.

60. „ Jörger, Handelsmann.

61. Fräulein Jung, Amalie.

62. Herr Kalb, Gastwirth zum deutschen Hof.

63. Fräulein von Kaiser.

64. Herr Kast, Holzhändler.

65. „ Kaufmann, J., Buchdrucker.

66. „ Klüber, Staatsminister des Großherzogl. Hauses und der auswärtigen Angelegenheiten, Excellenz, in Karlsruhe.

67. „ Koch, Handelsmann.

68. „ Ladenburg, Oberrath.

69. „ Ladenburg, S., Banquier.

70. „ Lauer, Gemeinderath.

71. „ Leibfried, Particulier.

72. „ von Leoprechting, Freiherr, Major.

73. „ Lichtenberger, Handelsmañ in Ludwigshafen a. Rhein.

74. Herr Löffler, S., Buchhändler.

75.   „   Lorent, **Dr. Philos.**

76.   „   Löw, **Dr.**, Oberhofgerichtskanzleirath.

77.   „   Mayer, **Dr.** u. Regimentsarzt.

78.   „   Meermann, **Dr.** u. practischer Arzt.

79.   „   Meyer=Nicolay, Handelsmann.

80.   „   Mohr, Hofrath.

81.   „   Mohr, Jos., Handelsmann.

82.   „   Moll, Bürgermeister.

83.   „   Neydeck, K. J., Rath in Umkirch.

84.   „   Nöthling, Stadtchirurg.

85.   „   Nüßlin, **Dr.**, Geheimer Hofrath u. Lyceumsdirector.

86.   „   von Oberndorf, Graf, königl. bayer. Kämmerer.

87.   „   Olivier, Kupferschmidt.

88.   „   Otterborg, Handelsmann.

89.   „   Paul, **Dr.** u. practischer Arzt.

90.   „   Reinhardt, J. W., Banquier.

91.   „   Reinhardt, Ph., Weinhändler.

92.   „   Reiß, G. F., erster Bürgermeister.

93.   „   Retzer, Particulier.

94.   „   von Roggenbach, Freiherr, Obrist u. Commandeur der Reiterbrigade.

95.   „   Rutsch, Particulier.

96.   „   Sauerbeck, Rechtspracticant.

97.   „   Schenkh, Obergerichts=Advokat.

98.   „   Schimper, C. F., **Dr. Philos.** u. Naturforscher.

99.   „   Schlehner, Particulier.

100.   „   Schott, Verwalter.

101.   „   Schott, Gastwirth u. Weinhändler.

102.   „   Schröder, **Dr.**, Professor u. Director der höheren Bürgerschule.

103. Herr Schuler, **Dr.** u. Geheimer Hofrath.

104. „ Schwab, **Dr.** u. practischer Arzt.

105. „ Seitz, **Dr.** u. practischer Arzt.

106. „ Sieber, junior, Oekonom.

107. „ Sinzheimer, **Dr.** u. practischer Arzt.

108. „ Stegmann, **Dr.** u. practischer Arzt.

109. „ Stehberger, **Dr.** u. Stadtphysicus.

110. „ von Stengel, Freiherr, Oberhofgerichts=Kanzler.

111. „ Stieler, Hofgärtner.

112. „ Stoll, Hofchirurg.

113. „ von Strauß=Dürkheim, Obrist.

114. Frau von Sturmfeder, Freifrau, Excellenz, Oberhof=
meisterin J. K. Hoheit der Frau Großherzogin
Stephanie.

115. Herr Thibaut, **Dr.** u. practischer Arzt.

116. „ Troß, Apotheker.

117. „ Vaillant, **Dr. Philos.** u. Institutsvorsteher.

118. „ Wahle, Hofapotheker.

119. „ Walther, Hoftheater=Cassier.

120. „ Weber, **Dr.** u. Oberarzt.

121. „ Weiß, **Dr.** u. practischer Arzt in Käferthal.

122. „ Wilhelmi, **Dr.** u. Amtsphysicus in Schwetzingen.

123. „ With, Regierungsrath.

124. „ Wunder, Frd., Uhrmacher.

125. „ Würzweiler, Handelsmann.

126. „ Zeroni, **Dr.** u. practischer Arzt.

Ehren-Mitglieder.

1. Herr Antoin, K. K. Hofgärtner in Wien.

2. „ Apetz, **Dr.** u. Professor, Sekretair der naturforschenden Gesellschaft des Osterlandes in Altenburg.

3. „ von Babo, Frhr., Director der Unterrheinkreisstelle des landwirthschaftlichen Vereines in Weinheim.

4. „ de Beaumont, Elie, in Paris.

5. „ Bischoff, **Dr.**, Professor in Heidelberg.

6. „ Bischoff, **Dr.**, Professor der Anatomie in Gießen.

7. „ Blum, **Dr. Philos.**, Professor in Heidelberg.

8. „ Braun, Alexander, **Dr.**, Professor in Freiburg i. B.

9. „ Bronn, **Dr.**, Hofrath und Professor in Heidelberg.

10. „ Bronner, Apotheker u. Oeconomie=Rath in Wiesloch.

11. „ von Broussel, Graf, Oberstkammerherr, Excellenz, in Karlsruhe.

12. „ Bruch, **Dr.**, Notair und Director der rheinischen naturforschenden Gesellschaft in Mainz.

13. „ Cotta, **Dr.** in Tharand.

14. „ Cottard, Rector der Königlich Französischen Akademie in Straßburg.

15. „ Crychthon, Geh. Rath in St. Petersburg.

16. „ Delffs, **Dr.**, Professor in Heidelberg.

17. „ Derndinger, Proprietär in Offenburg.

18. „ Döll, **Dr.**, Hofrath u. Oberhofbibliothekar in Karlsruhe.

19. „ Dufresnoy, in Paris.

20. „ Eisenlohr, Hofrath und Professor in Karlsruhe.

21. „ Feist, **Dr.**, Medizinalrath u. Sekretair der rheinischen naturforschenden Gesellschaft in Mainz.

22. Herr Fischer, **Dr.**, Privatdocent u. practischer Arzt in Freiburg.

23. „ Frommherz, **Dr.**, Hofrath in Freiburg.

24. „ Gergens, **Dr.**, in Mainz.

25. „ Gerstner, Professor in Karlsruhe.

26. „ Größer, **Dr.**, Medizinalrath u. Präsident der rheinischen naturforschenden Gesellschaft in Mainz.

27. „ Grünewald, Revierförster in Lampertheim.

28. „ von Haber, Bergmeister in Karlsruhe.

29. „ Haidinger, Wilhelm, Bergrath in Wien.

30. „ Hammerschmidt, **Dr.**, in Wien.

31. „ Heckel, Inspector der K. K. naturhistorischen Kabinette in Wien.

32. „ von Heyden, Senator in Frankfurt a. M.

33. „ Held, Garten-Director in Karlsruhe.

34. „ Hepp, **Dr.**, practischer Arzt u. Präsident der Pollichia in Neustadt a. d. H.

35. „ Herberger, J. F., **Dr.** u. Professor in Würzburg.

36. „ Heß, Rudolph, **Dr. med.**, in Zürich.

37. „ Hochstetter, Professor in Eßlingen.

38. „ Hoffmann, C., Verlagsbuchhändler in Stuttgart.

39. „ von Jenison, Graf zu Daiton in Nordamerika.

40. „ von Jenison, Graf, Königl. Bayerischer Gesandte, Excellenz, in Wien.

41. „ Jobst, Commerzienrath in Stuttgart.

42. „ Jolly, **Dr.**, Professor in Heidelberg.

43. „ Kapp, **Dr.**, Hofrath u. Professor in Heidelberg.

44. „ Kaup, **Dr. Philos.**, in Darmstadt.

45. „ von Kettner, Oberforstmeister in Gernsbach.

46. „ Keßler, Fried., in Frankfurt a. Main.

47. „ von Kobell, **Dr.**, Professor in München.

48. „ Kratzmann, Emil, **Dr.**, in Marienbad.

49. Herr von Ledebour, **Dr.**, Staatsrath in München.

50. „ Leo, **Dr.**, Hofrath und erster Physicatsarzt in Mainz.

51. „ von Leonhard, **Dr.**, Geheime Rath u. Professor in Heidelberg.

52. „ von Leonhard, A., **Dr.** u. Privatdocent in Heidelberg.

53. „ Linz, Steuercontrolleur in Speier.

54. „ Mappes, M., **Dr.** med., in Frankfurt a. M.

55. „ Marquart, **Dr.**, Vicepräsident des naturhistorischen Vereines der preußischen Rheinlande in Bonn.

56. „ von Martius, **Dr.**, Hofrath u. Professor in München.

57. „ Merian, Peter, Rathsherr in Basel.

58. „ Metzger, Garten=Director in Heidelberg.

59. „ von Meyer, Herrmann, **Dr.**, in Frankfurt a. M.

60. „ Oettinger, **Dr.**, Hofrath und Professor in Freiburg.

61. „ Otto, Garten=Director in Berlin.

62. „ Pasquier, Victor, Professor und Ober=Militär= Apotheker der Provinz Lüttich in Lüttich.

63. „ Reichenbach, **Dr.**, Hofrath in Dresden.

64. „ Riedel, L., Kais. Russ. Rath in Rio=Janeiro.

65. „ Rink, Geh. Rath in Karlsruhe.

66. „ Rinz, Stadtgärtner in Frankfurt a. M.

67. „ Rüppel, **Dr.**, in Frankfurt a. M.

68. „ Safferling, Handelsmann in Heidelberg.

69. „ Schimper, C. F., **Dr. Ph.** u. Naturforscher in Mannheim.

70. „ Schimper, W., Zoolog in Abyssinien.

71. „ Schinz, H. R., **Dr.** med. u. Professor in Zürich.

72. „ Schmitt, Stadtpfarrer in Mainz.

73. „ Schramm, Carl Traugott, Cantor u. Sekretair der Gesellschaft Flora für Botanik und Gartenbau in Dresden.

74. „ Schulz, **Dr.** und Hospitalarzt, Director der Pollichia in Deidesheim.

75. Herr Schumacher, **Dr.**, in Heidelberg.

76. „ Seubert, **Dr.** u. Professor, Director des Naturalien-
kabinets in Karlsruhe.

77. „ Simming, Garten-Director in Bonn.

78. „ Speyer, **Dr.**, Oberstabsarzt in Kassel.

79. „ von Stengel, Freiherr, Forstmeister in Stockach.

80. „ von Stengel, Freiherr, K. Bayer. Appellationsge-
richts-Präsident in Neuburg a. d. D.

81. „ Stöck, Apotheker in Bernkastell.

82. „ von Strauß-Dürkheim, Freiherr, Zoolog und
Anatom in Paris.

83. „ Struve, Gustav Adolph, **Dr.**, Director der Gesellschaft
Flora für Botanik u. Gartenbau in Dresden.

84. „ Terscheck, C. A., **senior**, Hof- u. botanischer Gärtner
in Dresden.

85. „ Thomä, **Dr.** u. Professor, Sekretair des Vereines für
Naturkunde im Herzogthum Nassau in Wiesbaden.

86. „ Uhde, Particulier in Handschuchsheim.

87. „ Vulpius, E., Apotheker in Stuttgart.

88. „ Walchner, **Dr.**, Bergrath u. Professor in Karlsruhe.

89. „ Warnkönig, Bezirksförster in Steinbach.

90. „ Weikum, Apotheker zu Galaz in der Moldau.

91. „ Wetzlar, G., **Dr.** u. Director der Wetterauischen Gesellschaft für die gesammte Naturkunde in Hanau.

92. „ Wirtgen, Professor in Koblenz.

93. „ Würschmidt, Geistlicher Rath u. Domkapitular in Speier.

94. „ van der Wyck, H. C., Vice-Resident zu Büitenzorg in Java.

95. „ Zeyher, Naturforscher, auf dem Cap, wohnhaft in
der Capstadt.

Verzeichniss der Vereine,

mit denen der Mannheimer Verein für Naturkunde in Verbindung steht.

---

1. Die rheinische naturforschende Gesellschaft zu Mainz.

2. Der Gartenbauverein zu Mainz.

3. Der Verein für Naturkunde im Herzogthum Nassau zu Wiesbaden.

4. Die Senkenbergische naturforschende Gesellschaft zu Frankfurt am Main.

5. Die Wetterauer Gesellschaft für die gesammte Naturkunde in Hanau.

6. Die practische Feld= und Gartenbaugesellschaft der bayerischen Pfalz zu Neustadt an der Haardt.

7. Die Pollichia, ein naturwissenschaftlicher Verein der bayerischen Pfalz in Dürkheim an der Haardt.

8. Die naturforschende Gesellschaft des Osterlandes zu Altenburg.

9. Die königlich bayerische botanische Gesellschaft zu Regensburg.

10. Der zoologisch=mineralogische Verein in Regensburg.

11. Die pfälzische Gesellschaft für Pharmacie in Kaiserslautern.

12. Der entomologische Verein in Stettin.

13. Der großherzoglich badische landwirthschaftliche Verein in Karlsruhe.

14. Der naturhiſtoriſche Verein der preußiſchen Rheinlande in Bonn.

15. Der Verein für vaterländiſche Naturkunde in Württemberg zu Stuttgart.

16. Die Geſellſchaft Flora für Botanik und Gartenbau in Dresden.

17. Die ökonomiſche Geſellſchaft im Königreiche Sachſen zu Dresden.

18. Der naturforſchende Verein in Riga.

19. Die naturforſchende Geſellſchaft in Zürich.

20. Die naturhiſtoriſche Geſellſchaft in Nürnberg.

21. Der Münchener Verein für Naturkunde.

22. Die Geſellſchaft für Beförderung der geſammten Naturwiſſenſchaften in Marburg.